回望

党建引领　组团推进的教育援疆之路

HUIWANG DANGJIAN YINLING　ZUTUAN TUIJIN DE JIAOYU YUANJIANG ZHI LU

顾向东◎编　著

安徽师范大学出版社
ANHUI NORMAL UNIVERSITY PRESS
·芜湖·

图书在版编目(CIP)数据

回望:党建引领 组团推进的教育援疆之路/顾向东编著.—芜湖:安徽师范大学出版社,2023.5

ISBN 978-7-5676-6179-0

Ⅰ.①回… Ⅱ.①顾… Ⅲ.①中国共产党—民族地区—地方教育—党的建设—研究—新疆 Ⅳ.①D267.6

中国国家版本馆CIP数据核字(2023)第077794号

回望:党建引领 组团推进的教育援疆之路 顾向东◎编著

责任编辑:阎 娟 责任校对:晋雅雯

装帧设计:王晴晴 汤彬彬 责任印制:桑国磊

出版发行:安徽师范大学出版社

芜湖市北京中路2号安徽师范大学赭山校区

网 址:http://www.ahnupress.com/

发 行 部:0553-3883578 5910327 5910310(传真)

印 刷:江苏凤凰数码印务有限公司

版 次:2023年5月第1版

印 次:2023年5月第1次印刷

规 格:700 mm × 1000 mm 1/16

印 张:10.25

字 数:158千字

书 号:ISBN 978-7-5676-6179-0

定 价:42.00元

凡发现图书有质量问题,请与我社联系(联系电话:0553-5910315)

序言　在那遥远的地方

这本书，形式上是一个有关西部教育的课题报告，但它并不像惯常的课题报告那样，去验证某种理论，或证明某种方法的正确与否，而是通过实践探索与经验总结，形成教育援疆较为成熟的思想理念、实施策略和方法路径。

里面的所有“故事”，都以党和国家西部教育扶贫任务为背景，展现了援疆教师团队与受援方“和合共赢”，为取得效益最大化而不懈努力的过程。

故事中的这一群普通教师和学校领导，有男有女，有的大龄，有的年轻，在使命的召唤下，从遥远的上海去到数千公里之遥的新疆喀什地区泽普县，进入以基础教育为主的学校支教。与刚刚大学毕业以后到山区或经济欠发达地区的支教老师不一样，他们既任教也带教，还有的参与督导工作和担任学校领导。

从上海到新疆，不仅路途遥远，而且从教育思想理念、教育管理方法，到师生教学和学习状态等，都有极大的差异。这些援疆教师的任务，就是带着相对先进的教育思想和教学方式方法进入受援学校，并以自己的岗位为支点和起点，带动、影响受援学校和周边学校，从而使受援地区的教育质量得到整体提高。

但是，教育援疆没有现成的理论体系可以支撑，也没有完全成熟的实践经验可以复制，一切都得“摸着石头过河”，需要一边总结经验一边提高工作的效率和质量——“党建引领、组团推进”，无疑就成了这项工作有效开展的“纲”，“纲举”才能“目张”。

正是在“党建引领、组团推进”的旗帜下，援疆团队的教师们改变了多年以来相对松散，甚至是某种“单打独斗”的状态，从在受援学校的“被需要”“被安排”，变成了主动上岗，主动作为，主动担当，进一步提高了教育援疆服务的质量。

他们是怎么做的？他们做到了哪些？还有哪些是他们想做而没有做或没有机会做的？教育援疆的价值和意义何在？后来者应如何做才能做得更好？

这些，就是这本篇幅不长但内容不少的书想要告诉读者的答案。

表面看来，除了个别案例的少数片段之外，本书的“故事”没有绘声绘色的“煽情”，也没有形象生动的展演，因为它不是要为先进人物立言立传，而是要为边疆教育的崛起和发展奠基、铺路、搭桥。但在每一个章节，每一个片段，每一项工作任务，每一项具体措施的后面，都可以“演绎”出许许多多有关当地老师、学校、学生、家庭和援疆团队成员之间的生动“故事”。

虽然这的确是一个很有价值的课题，但起初我们并没有想到要将它付梓发行，所以要特别感谢上海市闵行区教育局“春申教育发展基金会”的工作人员，是他们的大力支持与鼓励，才使这份凝聚着全体援疆教师多年心血的“答卷”被更多同仁、专家和领导所关注和知晓。

在此感谢各批次援疆教师，你们的努力工作，为实施本课题打下了基础，提供了宝贵的经验。更应该感谢闵行教育局的领导、上海援助喀什地区泽普县分指挥部的领导，你们的关心是工作顺利完成的保障。还要感谢泽普县教育局的领导和泽普县各受援学校的领导和老师们，你们的包容和支持，为我们援疆教师提供了强大的动力。

我们非常期待，期待有更多的人了解、理解、关心和帮助教育援疆工作，也期待本课题能够为后来者提供及时有效的参考与借鉴。

让我们共同祝愿“在那遥远的地方”，基础教育能借助援助方和自身

"党建引领"的东风，夯实发展基础，不断"扶摇而上"。今天的教育援疆，是为了新疆的教育能够更快地"无援"而发展，让我们共同期待这一天的到来

"党建引领'组团式'教育援疆工作的实践研究"课题组

2023年3月

目 录

第一部分　课题概述

一、背景说明

（一）国家教育援疆的新战略

教育援疆是国家援疆工作的重要组成部分。我国中央政府早在20世纪80年代中期就组织了包括教育在内的大规模对口支援工作，主要包括援疆和援藏工作。

在2020年9月25日第三次中央新疆工作座谈会上，中共中央总书记、国家主席、中央军委主席习近平发表重要讲话，强调当前和今后一个时期，做好新疆工作，要完整准确贯彻新时代党的治疆方略，牢牢扭住新疆工作总目标，依法治疆、团结稳疆、文化润疆、富民兴疆、长期建疆，以推进治理体系和治理能力现代化为保障，多谋长远之策，多行固本之举，努力建设团结和谐、繁荣富裕、文明进步、安居乐业、生态良好的新时代中国特色社会主义新疆。

教育援疆是党和国家重要的战略部署。教育部、国家发展改革委、财政部、人力资源社会保障部于2017年联合印发了《援藏援疆万名教师支教计划实施方案》，从以下四个方面强调了教育援疆的背景和意义。

1.落实党的十九大精神的重要举措

党的十九大提出，中国特色社会主义进入新时代，我国社会主要矛盾转化为人民日益增长的美好生活需要和不平衡不充分的发展之间的矛盾。国运兴衰，系于教育，根本在教师。加快教育现代化、建设教育强国，前提是大力加强教师队伍建设，特别是加强乡村和民族地区教师队伍建设，优化乡村和民族地区教师资源配置，使乡村和民族地区与全国同步基本实现教育现代化。

2. 打赢脱贫攻坚战的有力支撑

打赢脱贫攻坚战是党中央作出的重大战略部署。治贫先治愚，扶贫先启智，阻止贫困现象代际传递，根本靠教育，关键靠教师。让乡村和民族地区的孩子接受良好教育，是减贫脱困的治本之策。实施援藏援疆万名教师支教计划，利用对口支援机制，组织内地优秀教师到新疆支教，带动和培训当地教师，培养造就一支素质优良、甘于奉献、扎根乡村和民族地区的教师队伍，对于帮助贫困家庭拔掉穷根，打赢脱贫攻坚战具有重要意义。

3. 实现边疆长治久安的迫切需要

西藏新疆的工作关系党和国家工作大局，维护西藏新疆社会稳定、实现长治久安是全党全国人民的大事，必须从战略全局高度谋长远之策，行固本之举，建久安之势，成长治之业。习近平总书记指出，“做好民族工作，最关键的是搞好民族团结，最管用的是争取人心”“教育是争夺下一代的灵魂工程”。培养造就一批好老师，把教育搞上去，进一步增强文化认同，建设各民族共有精神家园，积极培养中华民族共同体意识，是实现新疆长治久安的根本之举。

4. 实施国家整体战略的实际行动

习近平总书记指出，要加大乡村教师队伍建设支持力度，制订切实可行的政策措施，鼓励有志青年到农村、边远地区为国家教育事业建功立业。2016年6月，国务院办公厅印发《关于加快中西部教育发展的指导意见》，提出实施援藏援疆万名教师支教计划。教师援疆支教既是加强新疆教师队伍建设的创新之举，也是一项惠及新疆干部群众的重大民心工程、民生工程。

（二）闵行区教育援疆的新格局

1. 上海教育援疆的时代背景

根据中央要求，自1997年起，上海启动了以人才培养工作为重点的教育援疆工作，与阿克苏地区建立了教育对口帮扶关系。

2010年，为进一步贯彻落实中央新疆工作座谈会和全国对口支援新疆工作会议精神，上海对口支援新疆从阿克苏地区调整至喀什地区的喀什市及其下辖四县，即喀什市、巴楚、莎车、泽普、叶城。上海市教委紧密围绕喀什市及四县教育事业实际和发展需求，制定了以双语教育、职业教育为重点，坚持硬件改善与内涵提升并重，全方位支持喀什对口地区的教育发展规划。

2017年，教育部等四部门启动“援藏援疆万名教师支教计划”后，浦东、宝山、闵行、静安四个区对喀什市及下辖四县的援疆教师大幅增加到每年170名；教师的选派也从原来单一的组织部门扩展到组织部和市教委两个部门同时选派。

2020年初，上海对第十批次援疆常态化工作进行了调整，使教育人才的援助（即援疆教师）与政府各部门的干部和资金援疆项目保持同步。

2. 闵行区教育援疆情况综述

闵行区对口援助喀什地区的泽普县。从2012年起，闵行区教育局陆续派出多名教师到泽普支教。援疆教师分三年期和一年半期，三年期援疆教育教师分别担任泽普五中校长、副校长及教育局副局长，一年半期援疆教师主要集中在泽普五中任教。

2016年8月，中央组织部、教育部、新疆维吾尔自治区决定实施教育人才“组团式”援疆。新疆共有9所学校被确定为试点校，其中闵行区对口支援的泽普五中为南疆唯一一所试点初级中学。2016年9月5日，新疆维吾尔自治区党委组织部通报了“组团式援疆工作推进会”情况，决定从试点学校、试点模式、选派规模和结构、培训校长队伍四个层面规划，对闵行区的教育援疆工作提出了新的要求。

2018年5月，上海援疆工作前方指挥部（以下简称“上海前指”）、新疆教育厅、上海市教委、喀什地区行署、闵行区人民政府联合发文《关于推进泽普县五中教育人才“组团式”援疆工作试点的实施意见》，提出教育援疆实现从“输血”到“造血”的转变是工作的重点与关键点。中央、上海市、新疆维吾尔自治区的一系列政策文件，为闵行区“组团式”教育援疆架构了顶层设计，明确了内容职责，理清了工作思路。

2020年，闵行区“组团式”教育援疆工作（第十批干部人才援疆和第二批万名支教教师教育援疆）有了新的变化。闵行区教育局根据市教委要求，大幅增加了援疆教师的选派人数，援助学校也从原来的初中泽普五中，高中泽普二中和小学泽普二小，增加了初中的三中、四中、六中，以及职高、技工学校等，同时还形成了以泽普五中为盟主，其他学校为盟员的教育联盟。在上级部门一系列工作要求指导下，闵行区教育援疆团队在总体目标、基本思路、基本原则、主要任务、实施路径、保障措施等方面的认识也因此更加明确。

3. 泽普县基础教育状况分析

泽普县隶属于新疆喀什地区，位于新疆西南部，塔克拉玛干沙漠西缘，行政区域面积988平方千米。2019年末，总人口22万，有维吾尔族、汉族、塔吉克族、回族等19个民族，少数民族人口占比77%。2019年4月，泽普县脱贫摘帽，退出贫困县行列。根据2020年4月数据，泽普县有中小学校、幼儿园共141所。2022年4月，泽普入选义务教育优质均衡先行创建县名单。其基本情况如下：

（1）在校生总数62152人，其中，少数民族学生占比92.3%。幼儿园、小学少数民族学生占比都超过93%，初中占比为90.2%，高中为82.8%，呈现出随年段增加，少数民族学生占比递减的态势。

（2）全县有专任教师3401人，其中少数民族教师2047人，占比60.2%。目前，初中阶段少数民族教师比例最高。部分教师因为语言问题，无法担任一般的学科教学任务，已转岗做教辅工作；部分教师长期借调驻村；同时在校教师还承担了大量非教育教学任务。

（3）泽普县共三所高中（一中、二中、七中）、四所初中（三中、四中、五中、六中），它们都位于县城，其中四所初中集中办学，成立了初中教育联盟，与一小、一中、七中毗邻布局，形成泽普教育园区。小学四年级以上的学生都进入县城学校住校学习。这种布局符合泽普县实际，形成便于管理、便于交流、便于集中利用教学资源的优势。

（4）泽普县基础教育取得了可喜的成绩，但也存在明显的困难。一方面，泽普县坚持党的全面领导，教育局和学校均实行书记负责制，面对复杂的工作任务，各级学校执行力非常强，党建工作成效显著，有力促进了教学质量的提高。泽普的中考成绩在喀什地区位于前茅，高考成绩则是地区前三，幼儿园保教质量同样位于地区前列。在当地政府和多轮组团式教育援疆队伍的努力下，目前泽普教育已经成为泽普县四大“名片”之一。另一方面，从整体来看，泽普县的教学质量仍待提高，尤其在教学管理和教研方面力量偏弱，缺少系统、有序、科学的管理体系及标准。

（三）援疆团队管理的新挑战

2020年初开始的新一轮教育援疆，时间从2020年3月至2023年1月（以下简称“课题阶段”），闵行区教育局共派出两批援疆教师：

第一批时间从2020年3月至2021年7月，人数为68人（以下简称“课题阶段第一批”），其中57名教师属于上海市教委选派的“万名支教教师”，11名属于上海市委组织部选派的“援疆干部人才”。

第二批时间从2021年7月至2023年1月，援疆教师人数为19人（以下简称“课题阶段第二批”），其中10名为组织部选派，9名为市教委选派，接替上一批教师。

两批援疆教师团队成员来自56所不同学校，党员关系分别转至对口支教学校党组织存档，由援疆干部组成临时党总支，对成员在疆期间的学习、工作、生活进行统筹协调和统一管理。由于援疆临时党总支只具备部分职能，且成员分散至六所受援学校，缺少日常教学安排、人事管理、绩效激励等有效措施，给援疆教师管理工作带来不少挑战。

1.援疆师资数量呈无规律性增减

由表1.1可知，本课题阶段第一批共68名援疆教师，较课题之前的人数剧增，援疆时间有3年期的，也有一年半的，同时还有3名教师为课题第一阶段继续留任的。

在兼顾原有的创新性任务的工作基础上，对援疆教师的分组安排、受援学校安排及统筹协调管理等带来一定压力。

表1.1　援疆教师人员数量变动情况

<table>
<tr><th>时间</th><th>人员变化情况</th><th>备注</th></tr>
<tr><td>2020年1月前</td><td>援疆教师不到10人。2019年9月泽普县援疆教师公寓楼建成,为援疆教师统一居住管理奠定基础</td><td>本课题阶段之前</td></tr>
<tr><td>2020年3月18日</td><td>第十批援疆干部人才中教育相关人员11人抵达喀什地区泽普县</td><td rowspan="3">课题阶段第一批援疆教师共68人</td></tr>
<tr><td>2020年4月22日</td><td>第二批“万名援疆教师”,闵行教师共57人抵达</td></tr>
<tr><td>2021年7月2日</td><td>课题阶段第一批援疆教师完成支教任务,回上海</td></tr>
<tr><td>2021年8月26日</td><td>新一批组织部选派的10名干部人才(援疆教师)抵达泽普</td><td rowspan="2">课题阶段第二批援疆教师共19人</td></tr>
<tr><td>2021年9月27日</td><td>上海市教委选派的9名援疆教师也抵达泽普(2022年3月,1名援疆教师因病无法继续参与援疆)</td></tr>
</table>

2.援助师资和受援学校数量变化

本课题研究前，闵行区援助泽普学校是泽普五中、二中、二小，本课题内，第一批68人出发前援助学校原定也是这三所学校，后由当地安排分配到七所学校。待到本课题研究进入第二阶段，援疆教师数量又由68人减至19人，调整后分别进入五所不同学校，这也进一步增加了对援疆教师统一管理的难度（表1.2）。

表1.2　援疆教师各校分布表

受援学校	泽普三中	泽普四中	泽普五中	泽普六中	泽普二小	泽普二中	泽普技工学校	泽普职高	教育局督导室
课题阶段第一批援疆教师	9	9	16	10	13	9	0	1	1

续 表

受援学校	泽普三中	泽普四中	泽普五中	泽普六中	泽普二小	泽普二中	泽普技工学校	泽普职高	教育局督导室
课题阶段第二批援疆教师	0	0	7	1	0	7	1	1	2

3. 两条线派出，多重任务交叉

每批援疆教师都由组织部和教委两批人员组成。以往这两批人员在派出管理、经费来源、援疆任务等方面存在差异，自2020年起，所有成员纳入统一管理。一方面，这有利于统一指挥和调度；另一方面，由于人员分布在教育局（督导、教研）、职业高中、高中、初中、小学和党校等不同单位，增加了协同管理的难度。

4. 女教师援疆带来的管理新课题

自课题阶段第一批起，上海首次派出女教师援疆。闵行区第一批援疆女教师22人，接近总数的三分之一；课题阶段第二批有女教师6人。援疆女教师的加入，为援疆支教增添了新鲜血液和多样化色彩，但同时也给成员管理工作提出了更高的要求。

5. 教师能力和风格的差异性特征

虽然每一批的援疆教师都经过多重筛选，但在个人素质上仍存在较大差异。这主要体现在年龄跨度大，年轻教师教育教学经验不足，临近退休老教师身心状态欠佳；成员中有经验丰富的骨干教师，也有需要锻炼的教坛新秀；各选派学校的校园文化背景差异也很大。

（四）团队党建工作的新要求

2020年之前的闵行援疆教师队伍，没有总体架构上的团队组织，由市教委和组织部分别组成两个援疆团队，分别属于不同部门领导，因为工作内容和工作要求不一致，难以形成合力。

本课题阶段，一方面，在闵行区教育党工委精心谋划及安排下，成立了援疆（泽普）教师临时党总支，从顶层上架构了统一的组织管理体系，从而促进了团队的融合，有利于发挥“组团式”教育援疆的优势。另一方面，由于援疆任务的特殊性，对党建工作也有了更高更具体的要求。

1.临时党总支面临职能整合新课题

团队内成员来自56所不同学校，党员关系转至对口支教学校党组织，由援疆干部组成临时党总支对团队成员在学习、工作和生活方面进行统筹管理。由于援疆临时党总支只具备部分管理职能，且成员分散至多所学校，所以党建工作需在摸索中开展。如何统一管理，发挥最大职能是党总支面临的新课题。

2.特殊地域环境下思想教育难度大

新疆当地少数民族比例高达77%，气候环境、民族差异、自身状况差异尤其是教育对象的变化等，给援疆教师带来一定工作困扰，在此背景下，如何加强成员的思想教育，使其安心支教，全心支教，成为临时党总支的艰巨任务。

3.本轮教育援疆工作有创新高要求

本次“组团式”教育援疆，上海市教委和喀什地区教育部门达成了“1+4+N模式”共识（1指喀什六中，4指喀什四县各一所中学，N指各县其他学校），并力图在教学之外的科研、教研、德育、督导等方面进行突破。与此同时，在党建工作中探索如何创建、实施“法治”和“德治”并重的援疆工作模式，在原有基础上如何创新提高效率也是临时党总支的重要工作目标。

基于以上各种情况，本届援疆团队经过慎重思考，创建了“党建引领‘组团式’教育援疆工作的实践研究”这一课题，以期能站在一定的高度，凝聚教育援疆团队的整体力量，汲取以往援疆的经验，从理论和实践两方面进行探索，在更加有效地推进当下教育援疆各项工作的同时，为今后的教育援疆工作留下可资借鉴和参考的依据。

二、创新价值

对口支援是中国特有的政策安排，虽然国外政府也有对落后地区或欠发达地区的开发援助，但尚未形成能与中国“对口支援”相提并论的经验和理论总结，尤其是党建引领主题下的教育对口支援，国外基本没有专门的相关研究，因此本课题参考的相关研究文献和实践经验主要来源国内。

（一）国内对口支援研究现状综述

中国特色社会主义进入新时代以来，越来越多的学者开始讨论和研究具有中国特色社会主义的对口支援政策。有关学者关于对口支援的研究大致可分为以下几个方面。

1.对口支援的价值追求和目标定位

李瑞昌[①]在界定对口支援制度内涵的基础上，从空间网络视角将对口支援实践定位为“政治性馈赠”，比较全面分析了对口支援实践中的中央、地方关系和地方之间的关系，并对民族贫困地区跨区域对口支援合作的社会绩效进行了评估。

李庆滑[②]认为，我国省际对口支援政策的主要作用是缓解中央政府的财政压力，也有促进区域经济协调发展、实现民族地区共同繁荣和社会稳定的功能。

陈志刚[③]通过对江西省少数民族地区对口支援的实证分析，证明对口支援可以实现从“输血”到“造血”的功能转化，是帮扶民族贫困落后地区摆脱贫困恶性循环的有效法宝。

① 界定“中国特点的对口支援”：一种政治性馈赠解释[J].李瑞昌.经济社会体制比较，2015(04)

② 我国省际对口支援的实践、理论与制度完善[J].李庆滑.中共浙江省委党校学报，2010(05)

③ 对口支援与散杂居民族地区小康建设：来自江西省少数民族地区对口支援的调研报告[J].陈志刚.中南民族大学学报(人文社会科学版)，2005，25(03)

阿拉塔高娃[①]则通过研究东部沿海发达地区对口支援中西部少数民族地区的过程，得出对口支援为促进民族地区社会经济发展注入强大动力的结论。

赵明刚[②]从政治学角度系统研究论证了对口支援是出于中央与地方秉持共同现实战略性和政治伦理价值需要而出台的一项制度安排。

2.对口支援的制度化和法制化保障

杨道波[③]提出，对口支援因缺乏内部协调性，在实施过程中具有很大的随意性，应加强对口支援法制化建设，使对口支援依法运行并强化实施效果。

刘铁[④]认为，对口支援运行模式的演变促使其在行为动机上应由无偿支援向互利共赢发展，在行为依据上由行政文件向合作协议转变，在运行机制上实现由行政指令、政治动员向市场运行、对等协商转变。他认为，支援和受援政府间契约式的协作机制及其法制化，是对口支援能够持续运行的重要保障。

王永才[⑤]则认为，对口支援中应当确立支援和受援双方以“权利”和“义务”为根本内容的法律运行机制，尝试提出了“对口支援立法”的构想，进而探讨法律制度的理论体系在对口支援运行机制中的应用。

丁忠毅[⑥]在推动对口支援走向对口合作的研究中指出，必须不断优化中央政府的“顶层设计”，构建更为完善的协商与补偿机制和政府之间的利益表达，提升利益协调的法治化水平。

---

① 关于东南沿海地区与少数民族地区的对口支援和经济技术协作发展的再认识[J].阿拉塔高娃.内蒙古社会科学(汉文版),2000(02)

② 中国特色对口支援模式研究[J].赵明刚.社会主义研究,2011(02)

③ 地区间对口支援和协作的法律制度问题与完善[J].杨道波.理论探索,2005(06)

④ 论对口支援长效机制的建立:以汶川地震灾后重建对口支援模式演变为视角[J].刘铁.西南民族大学学报(人文社科版),2010(06)

⑤ 对口支援民族地区的问题与法治反思[J].王永才.黑龙江民族丛刊,2014(02)

⑥ 对口支援边疆民族地区中的府际利益冲突与协调[J].丁忠毅.民族研究,2015(06)

3.对口支援的内容形式及发展趋势

赵伦、蒋勇杰[①]首次提出将对口支援分为三种模式，即重大工程对口支援、边疆地区对口支援以及灾害损失对口支援，并对每种支援模式的运行特点及内容进行了探讨。

吕朝辉[②]认为，对口支援在实践中不断发展完善，在社会治理进程中成为独具中国特色边疆治理的一种重要制度形式，实现其由“粗放式”向“精准化”支援已成为新时期对口支援制度发展的必然选择。

4.对口支援运行机制的研究和探索

在省际和专项对口支援实践中，学者们也在试图构建对口支援的长效运行机制。

毕国堂[③]指出，教育对口支援运行机制要紧密围绕动力机制、目标机制和监督机制进行构建，才有可能在最大程度上释放出对口支援的政策红利和资源效益。

黄艳芳[④]认为，对口支援的长效运行机制包含目标机制、动力机制、督导机制和约束机制，其中目标机制明确了对口支援应该实施的具体内容，动力机制能够推动支援工作不断向前，督导机制是为了保障支援实施的效果，为预防腐败现象的发生而建立的一种机制，包括事务公示、专项资金审计、财务公开甚至建立专门的督察机构等。

5.教育援疆相关研究和文献资料

2010年第一次中央新疆工作座谈会之后，学术界关于援疆政策的研究文献日益增多，涉及对口援疆政策的内容、特点、实践等各个方面。

张少云[⑤]、王丽敏[⑥]曾分别对和田地区教育援疆和受援的成效，以及哈

①地方政府对口支援模式分析：兼论中央政府统筹下的制度特征与制度优势[J].赵伦、蒋勇杰.成都大学学报(社会科学版)，2009(02)

②边疆治理视野下的精准对口支援研究[J].吕朝辉.云南民族大学学报(哲学社会科学版)，2016(03)

③关于构建高等教育对口支援长效运行机制的研究[J].毕国堂.科技信息，2009(04)

④对口支援运行机制探析[J].黄艳芳.经济视角，2011(17)

⑤和田地区教育援疆受援成效分析[J].张少云，巴拉提·吐逊巴克.民族教育研究，2016，27(05)

⑥河南省教育援疆满意度调查分析[J].王丽敏.学理论，2019(05)

密市河南教育援疆满意度进行调查分析；赵小雅[①]等则提出，通过构建命运共同体的形式实现教育援疆向纵深发展。

2016年，党中央作出组团式教育人才援藏的战略部署，同时决定实施组团式教育援疆试点，学术界关于教育援疆的重点逐渐转移到组团式援疆领域，胡坤[②]认为组团式援疆使受援学校管理和教学水平得到系统性整体提升。

周小龙[③]也对上海市闵行区教育组团式援疆实践进行过总结，积极探索新时代组团式援疆机制。

总体而言，以上多数研究仍停留在工作探讨和经验总结的层面，尚未形成比较完整的实践体系，但也为“对口支援”和“教育援疆”工作提供了重要的决策依据，并为后续的“教育援疆”工作以及本课题提供了有益的借鉴。

（二）教育援疆的理论依据和实践参考

1.共同富裕理论依据

共同富裕是马克思主义经典作家关于共产主义社会的科学构想，是中国共产党百年来孜孜不倦的奋斗目标，是中国人民对美好幸福生活的憧憬，也是中国特色社会主义的本质要求、奋斗目标、根本原则和中国特色社会主义理论体系的重要基石。

习近平总书记明确指出“消除贫困、改善民生、逐步实现共同富裕，是社会主义的本质要求，是我们党的重要使命”，要“坚持以人民为中心的发展思想，把增进人民福祉、促进人的全面发展作为发展的出发点和落脚点”，我们必须在坚持和发展中国特色社会主义的进程中，把实现共同富裕作为新时代的重要任务。

实现共同富裕，重点在农村，难点也在农村。现在，脱贫攻坚战已经

① 行政推动+科研引领[J].赵小雅.中国民族教育，2016(12)

② 安徽职业教育援疆“组团式”帮扶模式的研究[J].胡坤.安徽职业技术学院学报，2019，18(01)

③ 上海市教育人才“组团式”援疆的实践探索[J].周小龙.上海教育科研，2019(09)

打赢，还要巩固拓展脱贫攻坚成果，才有可能真正实现共同富裕。

2. 教育扶贫思想依据

教育扶贫强调教育在提升人力资本、培育可行能力、摆脱贫困文化中的关键作用。教育扶贫直指导致贫穷落后的根源，通过提升贫困人口文化素质和劳动技能，促进贫困地区社会、经济、文化的协调发展，帮助贫困地区、贫困人口脱贫致富。

（1）习近平总书记教育扶贫论述概要。

习近平总书记在2015年中央扶贫开发工作会议中强调，"治贫先治愚，扶贫先扶智"。"治愚"和"扶智"，最根本的就是发展教育。让贫困地区的孩子们接受良好教育，是扶贫开发的重要任务，也是阻断贫困代际传递的重要途径，因为要从根本上摆脱贫困，必须智随志走、志以智强。坚持"志智双扶"指导思想和实践路径，才能激发活力，形成合力，从根本上铲除滋生贫穷的土壤。

在习近平总书记教育扶贫重要论述的指导下，我国教育扶贫顶层设计的核心理念和由此而来的各种理论正在逐渐形成。

（2）我国教育扶贫的理论创新概述。

①由追求教育起点公平转向关注教育过程公平。长期以来，在普及与提高的教育方针指导下，我国教育扶贫的首要指导思想就是在贫困地区普及义务教育，在此基础之上，不断提高教育的质量和发展水平。这一指导思想反映了当时经济社会发展的客观现实，保障了贫困地区基础教育的全覆盖，为贫困人口提供了免费接受教育的机会。

②由粗放式教育扶贫转向精准教育扶贫。党的十八大以来，在精准扶贫理论指导下，教育扶贫更加注重聚焦扶贫对象和更有针对性的扶贫举措。国家根据差异性扶贫的理念，针对不同教育阶段和教育类型的贫困人口提出了有针对性和实效性的精准教育扶贫措施。教育部面向连片特困地区先后启动实施了多项结对帮扶政策，把优质教育资源通过对接的方式输送到边疆和少数民族等贫困地区。

正是在这一过程中，学术界逐渐形成了志智双扶理论、教育精准扶贫理论、优质教育资源共享理论等。

3.其他省市教育援疆成效参考

2010年3月29日至30日，全国对口支援新疆工作会议在北京召开，按照中央的总体部署，19个省市分别结对援助新疆12个地州的82个县（市）和新疆生产建设兵团的12个师。上海、北京、山东、深圳等省市都对应援助新疆各地州。

（1）高度重视教育援疆工作的顶层设计。

北京对口支援和田地区的和田市，和田、墨玉、洛浦等县和兵团农十四师；天津对口和田地区的策勒、于田、民丰等县；安徽对口和田地区的皮山县。三省市坚持以教育为先导，以普及双语教育为重点，以示范学校建设为引领，充分发挥教育在受援地区经济社会发展中的基础性、先导性、全局性和战略性的作用，取得了良好的实践成效。

从2010年对口援助和田地区开始，北京、天津、安徽三省市根据和田地区教育发展需要，结合三省市与和田地区教育发展实际，先后制定了2010—2015年三省市教育对口支援新疆和田地区规划，从战略上做出了教育援疆统筹安排。三省市通过巨大资金投入开展教育援疆、卫生援疆、文化援疆，有力促进了当地经济社会的全面发展。

（2）加大对受援地区教育重点投资力度。

在新一轮教育援疆工作中，三省市向农村中小学教育倾斜，把资金投入到改善农村中小学教学条件、师资培训等方面，并在广大农牧区建设了多所中小学，彻底改变了和田地区农牧区教育落后面貌，推动了和田地区城乡基础教育的均衡发展，尤其强化了幼儿园建设并在南疆地区推行15年义务教育和农村各级教师培训工作，基本实现了城乡间教育软实力的公平化。

在新疆地区，双语教师的作用非常重要，而这恰恰是以往教育投入的一个薄弱点。三省市把提升双语教师的综合素质作为资金投入重点，把培训教师和支教工作的重点放在农村中小学，拓宽交流渠道，转变教师观念，提高双语教师业务素质，让农村中小学生获得优良的教育资源，最大限度地实现了城乡教育资源均衡发展。

（3）指导和引导受援地区职业教育发展。

目前，新疆特别是南疆地区经济发展的最大“瓶颈”是缺乏现代化的技术工人。由于新疆现代化人才数量储备不足，阻碍了内地诸多技术含量高的企业在新疆“安家落户”。三省市加大了职业教育扶植与培训力度，重视职业教育课程的技术含量，结合当地的产业项目，有针对性地实施职业教育培训计划。三省市既安排本省市技术专家到和田地区授课，也安排和田地区的优秀学生到援疆省市优秀企业进行培训学习。这种双向互动增强了学生的自我发展能力，为和田地区的经济发展储备了科学技术人才。

（三）教育援疆已有模式的特点与困境

对口支援是政府履行宏观调控职能的重要手段，是落实区域协调发展战略部署的重要措施。财物输入式的单一“输血”，在援助开始阶段虽然起到重要作用，但随着时间推移和工作的深入，教育对口支援仅有资金的投入是远远不够的。

从长远来看，教育对口支援必须把重点放在提高受援方“造血”功能上，以教师能力和制度建设为核心，通过教师培训、干部交流、人才培养等方式，加大落后地区人才队伍建设力度，着力提升受援方的自我发展能力，做到“输血”与“造血”并重。目前，从“单项作战”到“组合推进”，从“援之以鱼”到“授之以渔”，从“输血”到“造血”，全新的教育对口支援基本模式已初步建立。

但是，自国家开展对口援疆工作以来，虽然有了国家法律支撑和政策措施的引领、推进与保障，但在如何形成从“输血”到“造血”的制度与机制建设方面，仍未形成完整和清晰的体系，教育援疆领域的相关制度与机制建设同样也有待进一步完善。

具体而言，国家法律和地方性法规及相关组织的功能构造、工作原理、相互关系和内部组织运行规则等，也都还不能完全适应教育援疆工作的广泛需求，而教育援疆工作实践中也存在着许多制度设计与体制机制不相协调的问题。如果这些问题不能得到很好解决，势必影响到教育援疆工作的整体效能和效益。因此，对教育援疆工作开展各种实践研究，已成为持续做好对口援疆工作必不可少的一个重要方面。

（四）“党建引领”教育援疆课题研究的创新价值

对口援疆作为党中央作出的一项重大决策，是新时期中央工作布局的重要组成部分，也是促进新疆长期协调发展的战略举措。教育援疆是对口援疆的重要组成部分，它既是巩固脱贫攻坚成果的重要内容之一，也是新时代中国特色社会主义的共同富裕目标实现的重要举措。

因此，如何更好地开展教育援疆工作，更好地完成教育援疆的神圣使命，用党建引领援疆工作的开展，并形成一条行之有效的路径，对教育援疆工作的探索和创新具有十分重要的意义。党支部（总支）是党组织在基层的战斗堡垒，是党的全部工作和战斗力的基础，在这方面理应发挥应有的关键作用。然而，现实告诉我们，在以往的教育援疆过程中，很少甚至几乎没有“党建引领”方面的实践及研究，这也给本课题的实施赋予了开创性的意义。

加强援疆教育团队的党建工作，在思想建设和价值引领方面，在组织学习和工作竞赛方面，党组织的重要作用不但不能削弱，而且必须不断加强。本研究将对党建引领“组团式”教育援疆工作的实践进行总结和提炼，把在工作中发现的问题、制定的对策，以及临时党组织运行机制和有效实施的途径和方法等作为研究主体，力图为今后的教育援疆团队的管理运作及当地基础教育如何在教育援疆政策的扶持下，走上快速发展的轨道提供行之有效的借鉴和参考。

三、主体设计

（一）核心概念

本课题的核心概念为聚焦党建引领，实现组团式教育援疆功能的最大化。

“党建引领”即党组织通过加强自身建设，实现对教育援疆教师的思想引领、作风引领、素质引领、目标引领、方法引领、典型引领。

本课题中的“党建引领”既强调党建的重要作用，也重视党建与其他工作的有机结合，实现党建工作和其他工作互相促进。具体而言，就是以基层党组织的战斗堡垒作用和党员的先锋模范作用，去影响和带动群众为完成各项工作而努力拼搏，推动和促进各项工作任务出色完成。同时，也以各项出色完成的工作成绩，促进基层党建工作上台阶、上水平，更好地发挥党建引领作用。课题中“党建+”就是突出基层党组织在各项工作中的组织领导作用和政治引领作用，推动援疆各项工作的开展。

本课题中的“组团”，指按上海市教委和喀什地区教育部门援疆“1+4+N模式”要求（1指喀什六中，4指喀什四县各一所中学，N指各县其他学校），由闵行区派出的以基础教育为主体的教育援疆团队。

本课题中的“教育援疆功能最大化”，含义为结合泽普县教育需求和实际情况，形成援疆教师的“大组团”“中组团”“小组团”的层级管理，在此基础上形成了“分团管理、组团融合、协同发展、相互促进”的行之有效的教育援疆团队管理模式。

具体来说，“小组团”包括“参与学校工作顶层设计”“中层条线部门浸润指导”“学科教研组兼任教研组长”“重点项目带头推进”四个维度，从学校规划制度、教学管理、课程建设、教师发展、教育科研、德育工作等方面形成相应的参与工作机制，为当地形成一套较完备、可复制、可推广的工作体系。

“中组团”指立足泽普教育园区，根据受援各校的需求，在援疆团队内部形成有不同分工、有校际交流与合作，交叉互动、协调发展的工作形式。

“大组团”指把援疆教师团队定位于政府各部门援疆工作的一部分，借助泽普分指挥部、当地政府以及上海指挥部和上海援疆教育集团、闵行乃至上海的大后方的力量和优势，通过加强与各级援疆组织的联络，架起一座运行顺畅的立交桥，促进资源共享、优势互补，从而实现功能最大化的教育援疆模式。

“组团融合，协同发展”的教育援疆模式，是具有闵行特色的教育援疆模式。

（二）达成目标

（1）教育援疆团队能够在党总支的领导下，提高政治站位，统一思想认识，发挥党员先锋模范作用，增强教育援疆的使命感、责任感，成员之间形成合力，提升闵行援疆教师团队的凝聚力和战斗力。

（2）构建适切、适用的工作机制，与当地政府部门和学校建立顺畅的交流渠道，整体研判当地教育援疆最紧迫需求，有针对性地开展援疆工作。

（3）让教育援疆成员在具体工作上有新的突破，以教师发展和管理规范为抓手，促进当地教育管理水平的提升，打造“带不走的骨干教师队伍”。

（4）收集、整理、总结、升华教育援疆中的有效经验，形成系列制度和材料，为后续的教育援疆提供方法参照和任务指引。

（三）研究思路

为更好地推进课题研究的开展，课题组在前期研究和实践的基础上不断优化和明晰研究思路，形成了以下路径图（图1.1）。

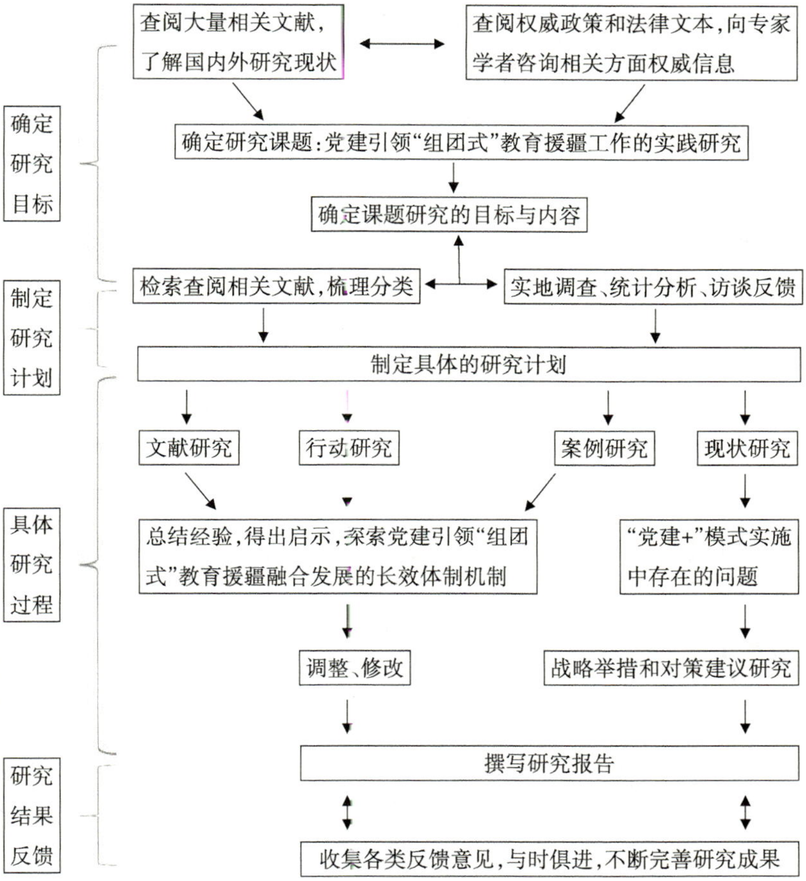

图 1.1　课题研究思路示意图

（四）研究内容

教育援疆团队党总支负责对援疆团队成员的全面管理，在工作机制、业务指导、生活安排等各方面进行统筹和引导；在日常教育教学工作中强化党建工作的内涵，通过探索和实践，构建和创新教育援疆这一背景下党建工作的有效途径，达成加强援疆教师思想建设、提升工作认知水平、提升成员工作实绩的目标。

具体包括如下五方面内容。

1. 教育援疆实践中临时党总支有效管理机制

不断探索和实践援疆背景下党建工作的模式和管理办法，不断提升援疆教师团队的管理水平和效能；在现有党小组和内部职能部门的基础上，进一步优化团队构成，提高援疆团队思想认识和专业水平；党总支根据当地实际情况，与当地党组织进行良性互动，加强与受援地党组织的沟通，形成教育援疆的双方合力；强化党组织战斗堡垒作用、党员先锋模范作用，形成相对成熟的做法；对援疆党建工作进行实践论证，形成更合适、更有效的党建引领援疆工作模式。

2. 援疆教师团队系列学习活动课程实施制度

通过党建组织和活动，统一援疆教师对当地民族政策的认识，提升援疆教师对教育援疆的理解和支持；关注团队成员思想建设，形成援疆教师思想教育相关的配套培训课程；在集中学习、小组学习、个别交流的基础上，不断改进援疆教师团队政治学习、制度强化、专业引领、素养提升的培训课程。

3. 党建引领“组团式”教育援疆办法和途径

利用援疆教师团队党组织力量，开展凝聚力工程；发挥党员的骨干引领和示范作用，开展跨校际跟岗培训活动；开展校际专题讲座、“微讲座”；完善当地骨干教师培养模式、青年教师团队培养建设等，提升结对教师的教育教学水平；整理援疆过程中党建引领的有效经验，通过讲座、论文、报告等方式有效辐射，提升团队榜样示范引领意识，促进援疆工作创新发展；在多轮实践的基础上总结出行之有效的办法和途径。

4. “组团式”教育援疆中各种创新方法

探索党建引领下闵行区教育“组团式”援疆工作内容的设定及落实，落实教育援疆职责，在以往取得成绩的基础上寻求创新和突破：①促进学校德育工作取得突破；②指导学校教学工作取得进步；③引领学校教科研工作的发展；④提升学校管理水平；⑤打造一支适应泽普经济社会发展的教师队伍；⑥抓特色项目建设，丰富学校文化建设。

5. 区域“组团式”援疆工作评估方法和策略

通过日常观察和工作总结，并采用有针对性的问卷调查等手段，评估和验证教育援疆的效果，为后续工作的优化、调整提供指引和借鉴。

（五）研究方法

本课题采用行动研究法辅以文献研究法、对比分析法等多种研究方法展开研究。

1. 文献参考研究

首先，通过查阅图书数据、会议报告、中国期刊数据库期刊，中国优秀硕士论文数据库中相关优秀论文等，对各种文献进行梳理，全面了解对口教育援疆政策的含义和对口教育援疆政策的理论依据；并通过文献资料阅读和当地政府网站的数据检索，掌握对口教育援疆工作的执行情况和面临的主要问题。

其次，课题组集中学习《中国共产党章程》及基层党组织的管理规定，学习习近平总书记有关党建工作的重要讲话精神，学习教育部“万人援疆计划”相关文件和上海市“组团式”援疆政策，汲取以往“组团式”教育援疆经验，内化课题组成员的核心意识、堡垒意识和作用意识。

2. 行动实践研究

根据课题要求，分小组和部门设立子课题工作任务开展行动研究，并及时整理和提炼过程性资料。以党小组为任务单位，对研究过程中的有效经验和做法及时进行总结反思，分类整理，形成文本资料。党总支定期汇总有关资料，并将有效做法以讲座、报告、论文、案例等方式分享。

3. 对比分析研究

在实践研究中，及时对以往的援疆案例和本次援疆活动案例进行对比分析，对“组团式”援疆工作成效进行评估，并根据援疆上海指挥部、专家的评估意见，由党总支牵头对援疆工作实效进行阶段性评定，对后续工作进行必要调整和改进。

（六）推进步骤

（1）课题申报立项（2020年8月—2020年12月）。

（2）撰写开题报告，组织开题论证（2020年12月—2021年3月）。

（3）课题实施阶段（2021年4月—2022年8月）。

①2021年6月，第二批援疆教师团队完成子课题研究工作，整理上传论文、案例。

②2021年9月，在前期实践的基础上，结合具体情况进一步修订实践研究方案，进行相关调查分析，整理、形成文献综述、思想教育集等过程性资料。

③2022年8月，课题中期论证并上传中期研究报告。

（4）课题数据整理分析（2022年9月—2022年11月）：汇总收集各党小组、专项部门的研究资料并进行评估；编辑相关案例、论文集。

（5）总结完善阶段（2022年11月—2022年12月）：汇编相关资料文集，撰写课题结题报告并修改完善。

第二部分　课题研究过程与方法

一、明现状——梳理“组团式”教育援疆的现状基础

自2010年派出第一批援疆教育人才以来，上海市教委和对口区教育局充分挖掘资源，逐步形成了常态化、系统化的对口支援工作交流机制。

2018年开始，上海采取“组团式”援疆，浦东、宝山、闵行、静安分别对应喀什地区的喀什市和下辖的四县即巴楚、莎车、泽普、叶城。闵行区主要对口援助泽普县，闵行区教育局主要援助泽普教育局及泽普五中等学校。

上一届的闵行援疆团队按照“组团式”教育援疆工作方案和工作目标，积极创新援疆工作机制，探索援疆工作路径与方法，依据教育人才“组团式”援疆工作试点实施意见，初步形成了具有闵行泽普特色的“组团式”教育援疆模式，为“组团式”教育援疆工作积累了宝贵的经验。具体体现在以下方面。

（一）资金援疆不能彻底改善当地办学条件

从2019年起，上海前指[①]、泽普分指[②]、闵行教育局等多部门先后投入资金近300万元，用于泽普县学校硬件建设和软件更新，为受援学校维修校

①“上海前指”为上海援助喀什地区的前方指挥部，由上海援疆干部组成。

②“泽普分指”为上海援助喀什地区泽普县的分指挥部。

舍、学生宿舍、图书馆，添置教学设施设备，改善了学校基本办学条件，还帮助泽普五中等受援学校升级改造“班班通”“远程教室”等设备。

然而，到本课题阶段援疆团队进入学校时，许多硬件更新等急需的经费仍然不能得到保障，学校硬件设施存在明显短板，如：信息技术设备老化严重，实验室仪器设备器材毁损严重，艺术及拓展课程缺少必要工具，电脑的添置、网络的升级等资金缺口依然很大，不能可持续支撑当地教育的发展。

（二）当前教师援疆支教面临的困难与局限

2018年实施万名教师支教计划后，同上海其他区一样，闵行区选派了支教教师到泽普支教，一定程度上缓解了当地教师紧缺的问题。

但是，泽普当地教师短缺的情况依然严峻，尤其是教师结构性隐性缺编问题比较突出。加之学校和教师承担了大量的社会事务工作，如抽调教育系统一些干部教师驻村和借调到其他单位工作，同时推广国语教学后很多维吾尔族教师因为国语不达标分流转岗，使得大部分学校实际在岗上课教师数明显少于在编教师数。全县中小学幼儿园平均师生比大大超过了国家和自治区规定。

多数学校在岗教师不足，学科教学与教师专业不对口，部分学校音体美专业教师紧缺等现状，继续制约着当地基础教育的发展。

（三）有的放矢，明晰受援学校的共性与个性

上一届援疆教师，主要援助泽普二中、五中以及四中、六中、二小共五所学校。

泽普二中始建于1972年，学校占地110.78亩（1亩≈666.67平方米），建筑面积35473平方米，是一所半寄宿制普通高中。现有教学班38个，学生总数1970名，其中住宿生1105名，民族学生1201名；教职工169人，其中专任教师145人。学校拥有教学楼、综合办公楼、学生公寓楼、餐厅楼、住宅楼、标准化塑胶运动场及图书馆、音乐美术、校园电视台和广播室等专

业教室。所有教室全部安装班班通教学平台，教学设施完善，实现了教学手段和管理现代化。师资队伍方面，二中有正高级职称2人，副高级职称39人，中级职称45人；有一批县级学科带头人、骨干教师、教学能手等。近年来，学校先后获得全国教育系统先进集体、自治区阳光体育运动先进学校、自治区德育示范学校、自治区基础教育信息化应用示范校、喀什地区示范性高中等殊荣。泽普二中高考成绩连续多年雄踞喀什地区十二县市之首。近年来，在生源质量无法保障的不利条件下，高考综合上线率仍然保持在99%以上，本科上线率在50%以上，成为泽普乃至喀什地区教育的一面旗帜。

泽普五中为初中学校，建于2012年8月，占地面积151亩，建筑面积34946平方米，教职工177人、专任教师144人、教学班39个、在校学生1790名（2019年的数据，到2022年9月，班级数增加至54个，每个年级达18个班，学生人数达2500名），是泽普唯一一所民汉学生合一的初中学校。教学质量方面，泽普五中在当地乃至在南疆地区，一直处于前列。生源、师资水平、硬件设施等办学基础都比较好。

泽普二小是一所公办小学，在泽普所有小学中，其整体规模、办学条件、师资队伍、教学质量等都是相对较好的一所小学。

因此，上一届援疆教师进入的以上三所学校，是泽普县域内小学、初中、高中的窗口学校，硬件设施、师资水平、学校管理、教学质量等在泽普县乃至喀什地区，都是比较好的，而且民汉合校，国语基础比较好，学校发展得到先机。

泽普的四中、六中以及本课题阶段增加进入的泽普三中等三所初中学校，都是维吾尔族和少数民族学生，教师也大部分是维吾尔族人，受当地历史条件、经济状况、语言环境等影响，硬件条件、学校管理、师资队伍、教学质量等与窗口校普泽五中比存在较大差距。

然而，即使是泽普三个学段最好的学校，依然面临着许多短板和困难，如教师的激励机制不健全，教育信息化建设较薄弱，教师的专业化水平整体不高，外出学习培训机会和途径很少等。

本课题阶段第一批援疆教师2020年3月出发前，闵行教育局根据受援学校的不同情况和上一届本区援疆教师工作情况，安排了68位教师进入各校。团队到达后，根据泽普教育局的要求，又根据学校和教师两方面的情况进行了部分调整，最终确定了进入各学校的教师数量（注：在第九批次泽普五中新增补的9位上海教师中，包括有学校管理岗位经历的教师8位、市或区骨干教师6位、有研究生学历的教师3位）。

（四）综合分析，了解学校主要的办学问题

1.教师队伍的专业素养亟须提高

现有教师队伍专业水平参差不齐，教师对教育理论的学习与研究不够，专业发展的内驱力不足，学科素养略显欠缺。教师在继续教育方面较落后，区域层面缺少专业培训和引领，对教材、学生、教法的研究不够。教师队伍中职业倦怠现象明显。

2.学校领导的管理能力有待加强

学校管理较为粗放，缺乏前瞻性、目标性与规划性。学校部门领导力和执行力不强，存在执行制度不严格的现象。教学管理松懈，教研组、备课组没有发挥好研究教材、研究学生、研究教法的重要功能。各类教育活动整体设计不完整、过程不丰满，尤其缺少前移后续环节。教育科研工作体系尚在搭建阶段，学校在推动课堂教学改进、研究教育现象等方面力度不够。学校评优评先、组室文化建设、师资梯队培养等工作机制与评价体系还未健全。学校没有形成各类主题教育活动的长效运作机制。

3.课程执行力和教学效果需要提升

学校在课程建设和实施方面基础比较薄弱，国家课程校本化实施力度不够，存在“有课程缺方法，有教材缺研究”的现象。“教师主导、学生主体”的教育理念未得到践行，较多教师不重视三维教学目标的达成。学生操作实验未普及，较多学生实验仍以教师演示或理论讲解代替。

4.教师队伍梯队建设需进一步落实

一是加强新教师队伍建设。按照新教师的成长规律，系统培养、分段

实施、逐级提升，加快新教师成长进程，为教师队伍注入新活力。二是加快骨干教师队伍建设。建立班主任、学科骨干专业培训制度，并在评优选先、职称评聘中适当加大工作权重，有效调动班主任、骨干教师的工作积极性。三是加速名师队伍建设。修改完善评优选先规章制度，鼓励教师争优创先。四是向上级教育主管部门申请教师外出学习培训的机会，将“走出去”和“引进来”相结合，加强闵泽两地沟通交流。

二、建机制——优化“组团式”教育援疆的团队建设

（一）加强顶层设计，确立“组团式”教育援疆实施路径

本课题组创设教育援疆“党建引领”模式，强调党建与其他工作结合，实现党建工作和其他工作互相促进，并不断探索和实践援疆背景下党建工作的模式和管理办法，提升援疆教师团队的管理水平和效能。具体愿景是在现有党小组和内部职能部门的基础上，进一步优化团队构成，提高援疆团队思想认识和专业水平；党总支需根据在南疆的实际情况，加强与受援地党组织的沟通，与当地党组织进行良性互动，形成教育援疆的合力。

课题组构想了党建引领的三条渠道：政治引领路径、组织引领路径、文化引领路径，即通过援疆团队的政治建设、组织建设、文化制度建设，结合援疆工作任务、人员素质等各种要素，不断提升团队管理水平，取得教育援疆工作更好的效果（图 2.1）。

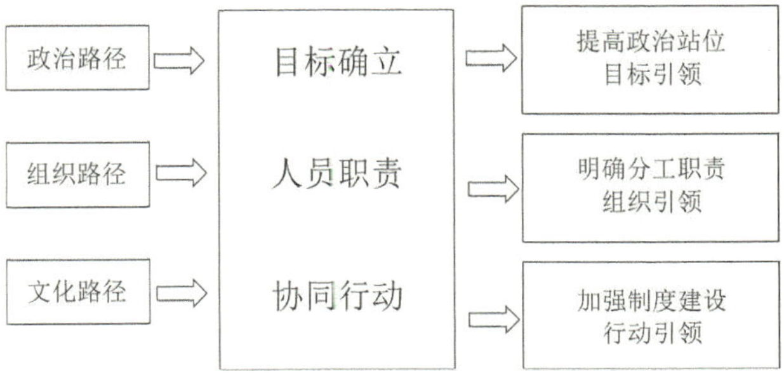

图 2.1　党建引领“组团式”教育援疆方略实施路径图

（二）以需求为导向，构建团队属地化培训体系

1. 入疆前培训，提高援疆思想认识

援疆名单确定后，闵行区教育局组织开展行前培训。团队也在培训的基础上分组交流、充分沟通，并且对泽普当地的气候条件、民俗风情进行了介绍，方便教师准备物资，同时做好援疆的心理建设。

在行前培训的基础上，课题组根据现实情况和工作需要，构建由集中培训、专题学习、专业培训组成的内部培训体系，并实施“新老传续、融合协作”的伙伴成长策略（图2.2）。

图2.2　援疆教师团队培训体系

2. 入校前培训，提高援疆政治站位

因为新冠疫情防控需要，每批次援疆教师抵疆后都需要进行健康管理。团队邀请泽普县教育局领导、分指领导及泽普县相关部门人员，对教师开展系列培训，分别从提高站位意识，了解新疆历史，熟悉新疆政治、地理环境、当地教育教学现状，以及学校师生情况等角度，让教师们提前了解泽普，对援疆工作增加理解，增强信心。

通过学习、讨论、交流，为援疆教师进入学校开展教育援疆工作奠定了基础。

3. 新老传续，增强伙伴互助意识

每一批援疆队伍中都有前一批援疆教师继续留用，援疆团队临时党总

支充分利用这些教师对当地教育了解深入的优势，分小组开展援疆教师面对面交流，通过分享之前援疆工作的具体经历和切身感受，使新一批援疆教师有了更多的思想、生活和工作上的准备。

4. 结合时事，开展专题政治学习

2020年10月，结合第三次中央新疆工作座谈会精神，援疆团队临时党总支分别开展集中学习、心得撰写、小组交流、援疆故事评选等活动。通过学习宣传，援疆教师提高了政治站位，关心国家大事、身边要事，传递正能量，增强了援疆教师的使命感和责任感，更好地推动了工作的开展（注：本课题阶段的第二批援疆团队，在2022年党的二十大将要召开、上海出现新冠疫情的特殊情况下，同样利用健康管理空隙，结合“四史”学习和新疆地方史学习，开展上岗前的培训）。

援疆团队临时党组织，定期开展组织生活，增强“四个意识”、坚定“四个自信”、做到“两个维护”，并通过全体援疆教师大会，认真落实团队相关制度，严肃各项纪律。

在这一系列培训、学习过程中，课题组重视积累资料，形成培训学习课程，并在课题第二阶段实践中加以逐步完善（表2.1）。

表2.1 2022年闵行援疆教师专题政治学习培训安排

时间	参加者	学习内容	培训方式
2022.3	全体	《中国共产党和国家机关基层组织工作条例》等党内法规文件、制度	集中授课
2022.4	全体	发展党员、“三会一课”、党员教育管理、基层组织建设、普法工作、党风廉政建设、纪律检查、思想政治工作等党建业务知识	集中授课
2022.5	全体	党的十八大以来习近平总书记一系列重要讲话精神，中央、省委一系列重大决策部署，以及“三严三实”专题教育有关内容	集中授课
2022.6	全体	专题党课	集中授课

（三）适应条件变化，完善双重管理组织架构

本课题阶段第一批援疆教师抵疆之后，闵行援疆教师团队在原有临时党总支的指导下，根据泽普当地的实际需求，对管理体系和人员分配进行了部分调整和优化，以构建更为成熟的双重管理的组织架构。

闵行援疆教师党总支下设六个党小组，分赴六所学校开展援疆工作。党小组受援疆党总支和受援校党支部双重领导（图2.3），组织关系属于受援校党支部，学习、工作等事宜由援疆教师党总支和当地学校双重管理（本课题阶段第二批援疆教师团队人数大幅减少，为便于统一领导，有的学校即使只有一个援疆教师，党小组工作也依旧采取双重管理的组织架构）。

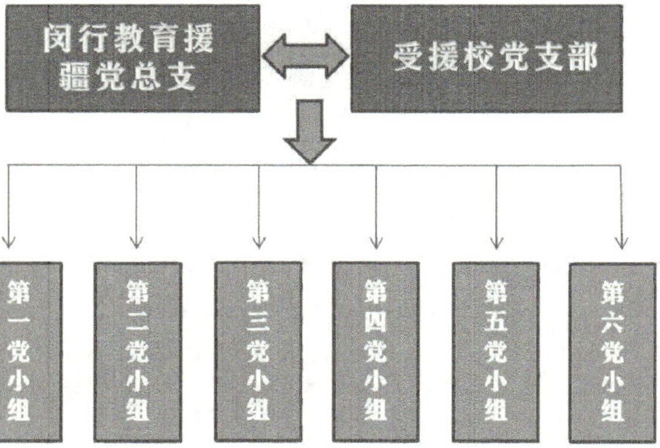

图2.3 双重管理的组织架构图

（四）根据现实需求，增设内部具体职能机构

援疆期间新冠疫情防控形势严峻，教师外出限制多，生活物资保障、情绪疏导、封控阶段的在线教学等，都需要团队给予充分的支持和保障。临时党总支精心设计，成立了六个部门作为内部具体管理机构。

信息宣传部：负责驻地环境布置、团队信息发布、资料整理上报；

科研部：负责团队专业发展和县级课题管理；

采购部：负责团队物资采购和领用；

维修部：负责团队成员驻地设施设备维修和管理；

食堂小组：负责食堂安全、卫生监督，菜品质量把控；

沙龙小组：负责驻地内团队成员的文体活动组织。

由于团队明确了责任人和职责分工，每个部门都制定了详细的制度和工作指南，对工作的开展进行了有效的规范指导，有活动一起参加，有困难一起解决，为援疆教师的生活、学习和工作提供了有力的保障，团队凝聚力得以提升，形成了环境布置与宣传群策群力、文体活动组织有序的良好局面。

（五）实行双线管理，制定统一管理制度

根据上级要求，本课题阶段，组织部和教委两条线的援疆教师被整合纳入一个团队，统一由援疆团队成立的临时党总支统一管理，这项党建引领新措施，在各县的教育援疆团队管理中均是首次。

为确保援疆教师团队每位教师的政治安全和人身安全，按“分指”要求，团队制定了八个严禁的“底线”，意在划出“红线”，标明“黄线”，为援疆教师的工作和生活提供了严明的政治纪律保障。

1.内部管理“四个统一”

临时党总支在援疆团队管理中，做到四个统一：两线统一、待遇统一、居住统一、要求统一（即工作量基本相同，上下班同出同进）。这四个统一，在本课题第二阶段，作为经验的传承，得到了保留。

2.工作要求“二同管理”

对援疆教师工作方面的“二同管理”：工作量基本相同，上下班同进同出。每位援疆教师上课节数按当地教师课时数的一半，另一半工作量为对当地学校教师进行指导和培训，做到工作量基本相同。

各小组教师上下班同进同出各受援学校，保证了整个援疆团队工作时间基本一致，既便于作息时间的管理，又确保了援疆教师个人的人身安全。

3.“四个三”工作量安排

根据上一届的援疆开展情况，结合本课题阶段的特点，闵行教育援疆党总支经过认真分析，确定了具有闵行特色和开创性特征的“四个三”工

作量要求，即：每位援疆教师有“三课”（上课、听课、评课）、“三会”（参加备课组会、教研组会、年级组会）、“三有”（有师徒结对、有公开课、有教师讲座）和“三尽量”（尽量开设拓展课和班会课、尽量参加教工大会和培训会、尽量有校本课程和课题）。

“四个三”的规定，让每位援疆教师对自身工作有了明确目标，也平衡了教师个体间的工作。党总支还据此制订表格，每月定期统计工作情况，收集援疆教师工作中的突出亮点并组织相互学习、交流讨论，取长补短，激发教师工作的积极性。

“四个三”的工作量要求，既得到了教师的普遍认同，也得到了上级领导的充分肯定。

4.“三级例会”制度

党总支在加强团队管理方面，形成了党政联席会、全体教师会、小组例会制度，并且已经形成机制：两周一次党政联席会、两周一次小组会、每月一次全体教师会，以议事、交流、总结为主要内容，做好团队的民主管理和信息的及时沟通，充分发挥团队的整体力量。

三、重规划——根据顶层设计有序开展工作

（一）完善“组团融合，协同发展”的运行机制

科学的管理可以凝聚团队战斗力。明确的团队运行架构，可以更好发挥援疆的作用。面对课题阶段援疆教师急剧增加，援疆任务更加繁重，援疆要求持续提高，为了让援疆团队融为一体，更好地开展工作，援疆团队在闵行教育局和泽普分指的领导下，建立援疆团队临时党总支，并下设党小组，在上海前指、上海市教委、泽普分指、泽普教育局的领导下，很快形成了团队的机制架构（图2.4）。

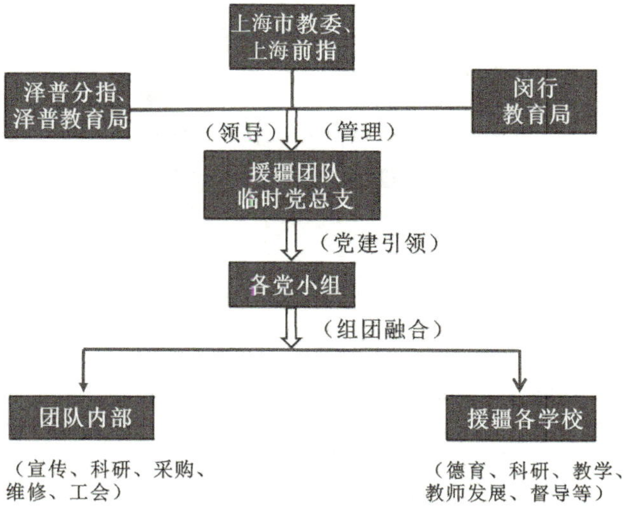

图2.4 援疆团队管理组织架构图

援疆团队临时党总支受三方领导和管理：上海市教委、上海前指，泽普分指、泽普教育局和闵行教育局。

其职责分工为：闵行教育局承担援疆团队后方管理，通过远程管理提供后方资源支持与专业指导，为援疆工作解除后顾之忧；上海市教委及上海前指通过每月一次视频会、不定期的走访，在业务上给予指导；泽普分指、泽普教育局则通过日常工作、定期会议对援疆团队实施具体领导和管理。

援疆团队临时党总支的职责是按上级要求，负责管理全体援疆教师，调动团队积极性，发挥整体力量，创新完成教育援疆使命，其具体任务如下。

首先，通过组建党支部（党小组），调整好援疆教师对口学校，匹配不同学段援疆教师；建立党组织日常运行规则，对不同于上海学校的特殊情况如真正的集体生活、更高的安全要求、特殊的援疆身份等加以关注，并制定具体的管理细则。

其次，确立党建引领的思想共识，提高援疆教师日常工作的政治站位。在团队内部，组建团队各个服务部门，为生活工作提供保障。

再次，明确各支部（党小组）的工作要求和工作任务，协助各小组联系援助的各个学校，及时沟通解决各个学校、各支部的共性与个性问题，实施“组团融合，协同发展”的教育援疆工作安排。

除此之外，各党小组在保持与党总支沟通和接受所在校党支部领导外，具体负责本组内援疆教师的日常工作和管理，以计划制订、阶段交流、注重总结等方式，鼓励组内援疆教师发挥自己的特长，同时开展组际间的集中汇报和展示，团队内部经验共建共享，争取援疆工作的最大成效（详见附件1）。

“组团融合，协同发展”的教育援疆工作运行机制架构，是一个完整的有机系统。该系统对团队实行常态化、长效性管理，对促进队伍工作创新，激发队伍工作活力，形成思想上合心、工作上合力、行动上合拍的良好局面起到了极大的作用。

（二）“小组团”“中组团”“大组团”互为补充，协同发展

课题研究第一阶段，教育援疆覆盖了泽普的全部初中，即三中、四中、五中、六中共四所，以及二中（高中）和二小（小学），其中初中学段援疆教师占团队的三分之二。为了更好地突显援疆效果，加强窗口学校泽普五中的引领，援疆教师采取柔性流动，将4名高中教师调整入泽普五中组，成立了“以五中为盟主校的初中教育联盟”，打破学段壁障，与二小、二中良性互动，开展学段衔接、联合教研等活动，更好地促进各段教师的发展（图2.5）。

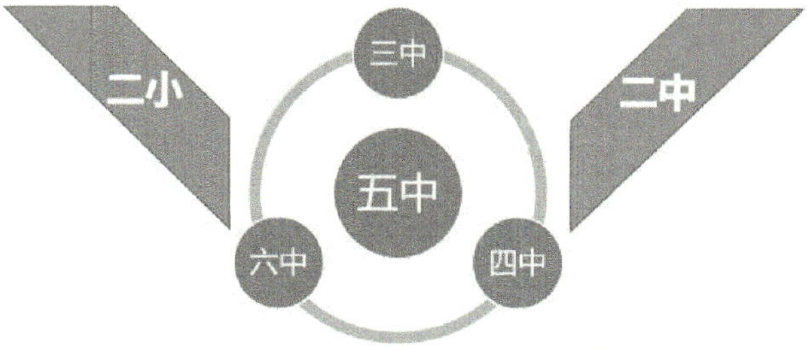

图2.5 “一体两翼”的团队管理机制

课题阶段第二批团队，由于援疆教师数的减少，课题组对管理方式进

行了改进，形成新的“组团融合，协同发展”的模式（图2.6）。

图2.6　“组团融合，协同发展”援疆模式实施示意图

（1）以泽普五中和泽普二中为核心，形成闵行援疆教师团队的工作融合。泽普五中7名援疆教师和泽普二中7名援疆教师，以及泽普六中、教育督导室、技工学校、职高以及党校各1名援疆教师，共19名，组成了一个共同学习、生活、工作的融合团队。

（2）把各受援校涉及援疆教师工作方面的教学、教研、德育及督导等工作紧密融合。

（3）把援疆教师涉及的三个层面的教育，即基础教育、职业教育、成人教育有机融合。

从隶属关系看，闵行援疆教师团队由泽普分指领导，援疆团队业务上则受在喀什的上海市援疆教育集团的指导，各受援校的援疆教师则从属所在党小组、校党支部和教育援疆党总支的领导，从而构成由“小组团”“中组团”“大组团”支撑的“组团融合，协同发展”的新一届闵行教育援疆基本模式。

（三）“组团融合，协同发展”工作路径示意说明

在闵行、喀什等上级领导的关心支持下，援疆团队临时党总支通过以党建为引领的“组团融合，协同发展”工作模式，把对援疆团队的全面管

理落实到各个党小组，初步形成了明晰的工作路径，其思想学习、团队管理、队伍建设、教研联合体、督学工作、德育工作、科研工作等都得以顺利开展（图2.7）。

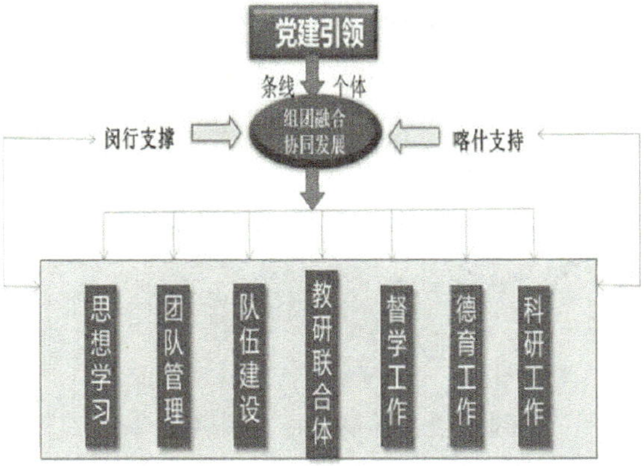

图2.7 “组团融合，协同发展”工作路径示意图

（四）激活“组团式”教育援疆“造血”“活血”功能

在援疆团队临时党总支的具体领导下，课题组通过“分析调研—任务驱动—督导评估—经验提炼—科学论证”螺旋上升的工作路径和“借鉴移植—吸收内化—自主创生”的“输血—造血—活血”的价值目标提升工作的效能（图2.8）。

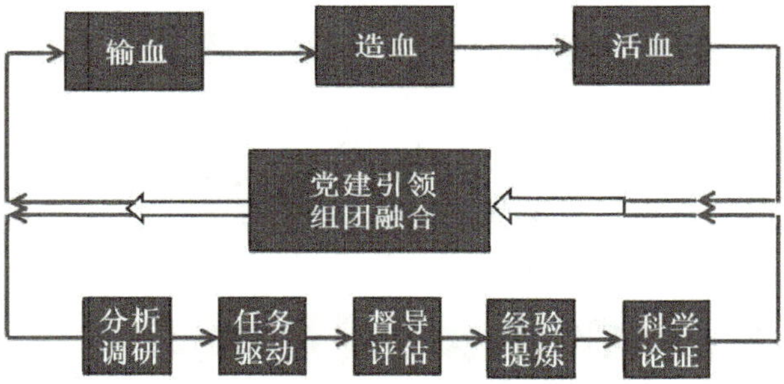

图2.8 “输血—造血—活血”价值提升思维导图

分析调研：课题阶段之初，相关负责人主动和上一批回沪的援疆教师和带队领导进行交接，收集相关资料，听取闵行教育局组织的上一届援疆的经验介绍。因此，在进入泽普之前，本课题阶段的援疆团队已经对当地

情况、教育环境等有了较为清楚的了解，结合闵行教育局针对本课题阶段的援疆工作的规划和布置，在团队组织架构等方面已形成基本认知。本课题阶段援疆教师进入泽普后，课题组充分利用视频会、教师大会、小组交流会等方式，开展进一步的前期调研。

任务驱动：每位援疆教师、每个党小组、整个教育援疆团队任务明确。如：把一年半援疆时间的三个学期分为三个阶段，设计相应的三个逐步渐进的工作目标，第一学期了解熟悉、立足课堂，第二学期工作推进、各显特色，第三学期成果展示、总结提升等，做到时间节点清楚、任务目标明确。

督导评估：本课题阶段，闵行区首次派出了市人民政府教育督导室专职督学张孝泉，泽普县政府聘任其为泽普县人民政府专职督学。督学的工作，不仅要对学校工作开展评估和指导，同时，要对援疆团队援疆任务本身提供各项工作的反馈，这有利于及时根据实际情况调整各种任务，使团队更有效开展教育援疆工作。

经验提炼：根据援疆工作阶段目标，援疆团队每个党小组每两周有小组会议，每月统计援疆教师完成的工作，每月有工作组内小结和工作研讨。每学期期中、期末则开展团队工作总结，并及时提炼好的做法，在各小组中及时推广，发挥援疆工作团队的作用。

科学论证：援疆团队不定期接受上级的检查，接受上海援疆教育集团的指导；每学期寒暑假回沪，都向闵行教育局汇报团队工作情况；通过专家来访等方式，创设援疆工作成效多元评价的平台。

与此同时，援疆工作的开展和课题研究同步进行，既促进了工作的开展，也为课题的深入积累了素材。尤其是课题开展过程中的开题、中期评估等，更为援疆工作的成效提供了必要的论证。

以党建引领为核心，打通教育援疆工作的“任督二脉”，从分析调研到拓展“输血”渠道、路径，形成有效方法，再到结合当地实际情况精准“施治”，完成合理借鉴移植，形成具有“造血”功能的长效运行机制，促进了爱疆支教教师和受援地教师的“双向成长”，打造了一支带不走的优良教师队伍，真正达到教育扶贫的可持续“活血”功能。

四、抓根本——提升“组团式”教育援疆的整体效能

中国共产党是新时代教育发展和改革的领导核心，党建质量与各级党组织的功能发挥息息相关，也影响着教育的治理能力和治理水平。为更好发挥党建对教育治理的引领作用，需要准确认识和科学把握党建工作的职责边界和效率边界，创新和发展教育援疆工作。

闵行教育援疆团队分工合作，以党建引领增强自身能力为方向，聚焦基础教育短板提质增效，发挥最大整体效能。团队按照设定的“组团融合，协同发展”工作路径，开展了高质量的党建工作，保证了教育援疆工作有条不紊地扎实开展。

（一）思想育人，构建“党建+德育”机制模式

在闵泽两地领导支持下，闵行援疆团队基于泽普教育在家校合作、家庭教育指导、班主任专业技能素养方面力量较薄弱，以及家校合作、家长学校、家庭教育指导机制尚未健全和完善的实际情况，制定了《泽普县中小学班主任名师工作室发展规划》和《泽普县家长学校章程》《泽普县家长学校实施方案》。2021 年 10 月成立了泽普县中小学班主任名师工作室（图 2.9）。

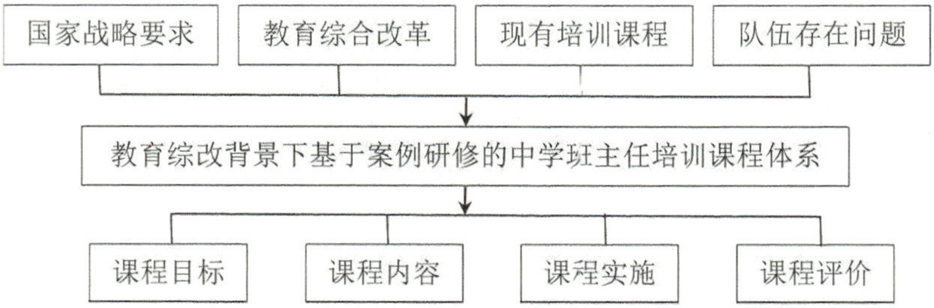

图 2.9　泽普县班主任名师工作室培训课程体系

1. 制定基于党建引领的德育工作规划

工作室对全县各中小学、高中、高职学校德育副校长、德育主任和骨干班主任进行每月2次的班主任专业技能培训，主要围绕班会课设计、全员导师制项目、生涯教育、德育科研实操等开展，有效协助泽普县中小学打造了“党建+德育”“党建+思政”等特色品牌项目。

工作室还协助各校以铸牢中华民族共同体意识为核心打造“一校一品”德育品牌，着重提升当地德育主任和班主任的家庭教育指导能力，为当地培养一批学校家庭教育指导的种子教师团队和本土家校合作专家。自工作室成立以来，帮助泽普教育局制定了中小学班主任整体建设规划、年度实施方案、培训课程计划等。

2. 重点实施推进党建引领的德育工作

根据学员的发展水平、班主任岗位实际及专业成长需求，工作室重点实施了个性化的发展规划和培养计划，明确学习任务，提高了培训的针对性。

工作室在实际工作中突出重点，讲求实效，立足实地，以班主任一线工作岗位为实训基地，采取分年段培训的方式，以问题为导向，精准施策，开展了中小学（包含中职学校）各学段的班主任工作研究。这些措施，有效提升了班主任、德育干部的专业素养。

同时，工作室还积极利用上海后方和闵行援疆团队、上海教育专家库等各类培训资源，开展丰富多彩的培训活动，做到定时、定点、定内容，有要求、有检查、有考核。迄今为止，工作室开设各类讲座、家长课程、班主任专业培训、学生考前辅导、个案辅导等共52场次，受益人数达13060人（图2.10）。

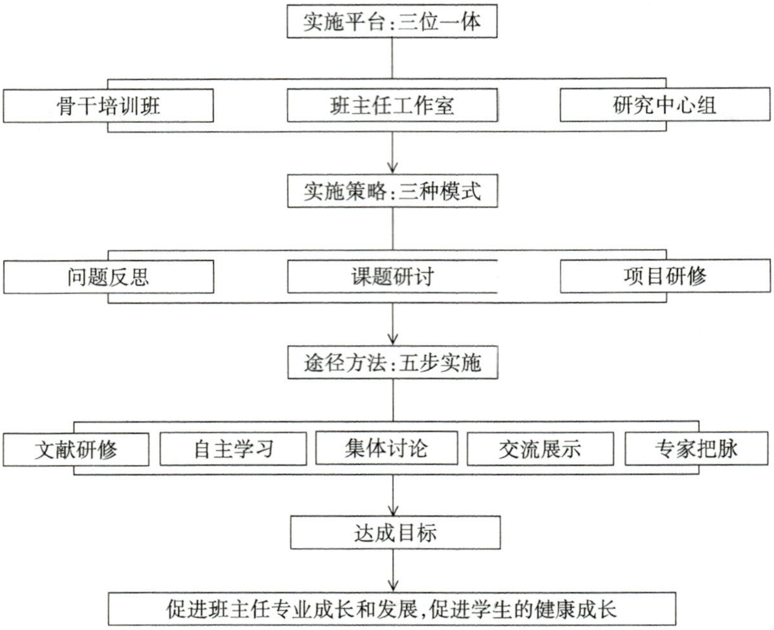

图 2.10　泽普县班主任名师工作室研修实施框架

（二）高屋建瓴，帮助学校确立发展目标

学校三年规划是引领学校发展的总纲目和风向标。援疆团队与泽普五中一起，对学校三年规划（2016—2019 年）中的发展总目标、阶段目标、策略路径、达成标志等进行了综合梳理、诊断和评议。对发展成效好的部分进行巩固、提炼，对欠缺的地方，如学校规章、教师发展、课程建设等重点工作进行调整、优化，并指导学校制定新的三年发展规划，形成了新的《泽普五中三年发展规划（2020—2022 年）》，进一步明确了五中的发展目标与发展方向。

根据规划要求，援疆教师及学校管理人员深入基层一线，带领全体教师共同制定个人的《教师专业发展三年规划》；受援学校教师通过个人专业发展规划的制定，明确了自己专业发展的目标，提高了教师自我成长的信心，也形成了学校整体教师专业发展的氛围（表 2.2）。

表 2.2　泽普五中教师专业发展三年规划表

<table>
<tr><td>姓　名</td><td></td><td>性　别</td><td></td><td>年　龄</td><td></td></tr>
<tr><td>学　历</td><td></td><td>职　称</td><td></td><td>何级骨干教师</td><td></td></tr>
<tr><td>任教学科</td><td></td><td>任教学段</td><td></td><td>本学科任教年限</td><td></td></tr>
<tr><td colspan="3">时间</td><td>2020 学年</td><td>2021 学年</td><td>2022 学年</td></tr>
<tr><td colspan="3">准备申报何级公开课</td><td></td><td></td><td></td></tr>
<tr><td colspan="3">准备申报何级课题</td><td></td><td></td><td></td></tr>
<tr><td colspan="3">是否准备发表论文</td><td></td><td></td><td></td></tr>
<tr><td colspan="3">职称评审准备情况</td><td></td><td></td><td></td></tr>
<tr><td colspan="3">准备申报何级骨干教师</td><td></td><td></td><td></td></tr>
<tr><td colspan="3">其他工作方面规划（如班主任工作等）</td><td></td><td></td><td></td></tr>
<tr><td colspan="3">希望学校给予的支持（需具体）</td><td colspan="3"></td></tr>
</table>

除此之外，援疆团队还通过加强教研组建设工作路径，帮助教导处制定学校《三年课堂教学改进计划》。

学校发展规划、教师发展规划以及课堂教学改进规划的制定，以及配套的每学期学校、教导处及个人的计划，打通了校级领导—中层行政—组长—教师个人四个层面规划的一致性与匹配性，实现了学校宏观、中观、微观三个层面对规划的认知感与参与度，进一步加强了规划对学校管理、师资建设、课程实施和学生发展的引领作用。

（三）精准施策，助力受援教师快速成长

教育援疆团队借助泽普县教育园区化办学的区位及位置优势，打破校内结师徒对的固有模式，援疆教师不仅在本校有徒弟，还受联盟校的邀请，到其他学校带教，做骨干教师的导师，实现了师徒结对从校内的“小组团”到多校的“中组团”跨越。例如，在本课题阶段，泽普二中的援疆教师与

七中结对，五中的援疆教师与四中、六中结对已经形成常态。通过便捷高效的小型跨校师徒间交流互动，拉近了援疆教师与当地教师的距离，更有效地加快了当地骨干和青年教师的成长，使他们在各类教育教学评比中屡获佳绩（详见附件2）。

1.构建“教研+培训”的研训一体模式

在泽普教育局和援疆团队的共同谋划下，为更好发挥组团式教育援疆优势，泽普教育局成立了以援疆教师为各学科组长，各校各学科教研组长为副组长，所有泽普县中学教师都参加的“中学教研联合体”项目。教研联合体的成立，旨在充分发挥援疆教师的引领作用，构建“教研+培训”的研训一体模式。

教研联合体开展的活动主要是讲座、培训和课堂教学研究两大方面。各校教研活动时间上做到了统一，加上学校间相距很近，各校教研活动得以联合开展。为此，援疆团队制定了完整的计划和方案，做到定内容、定时间、定地点、定主题发言人，初步形成主题系列化，每学科每个月开展一次联合教研体活动。全县初高中各学科组认真开展主题教研活动，一学期共举办56次活动，各种公开课、研讨课156节，援疆教师、上海专家或骨干教师（在线）、当地骨干教师共开设讲座85场，促使泽普县初高中课堂教学发生了较大改变，也使教育援疆的方式和项目取得了重大突破，推动了泽普县各校教研组建设和教师的专业发展。

2.搭建教师专业成长及展示的平台

为推进学校“双减”工作的深入开展，促进教师教学方式和学生学习方式的转变，闵行援疆教师团队充分发挥支教教师专业优势，组建专家评委组，积极协助泽普县教育局举办“闵泽”杯课堂教学评优活动，为当地教师搭建专业发展平台。比如2022年3月开展的课堂教学评优活动，参评学科包括了初中和高中文科、理科和综合学科共13门学科，泽普县三中等五所初中和一中等三所高中，经过学校第一轮选拔共推荐了97名教师参赛。援疆教师历时八天时间，共听课97节，评出一等奖26名，二等奖39名，三等奖32名。

教师专业发展平台的创立，不仅推动了青年教师和骨干教师在泽普县级层面上开展课堂教学的展示评比活动，同时也促进各校有了与之配套的教学公开课展评，极大地提高了教师专业成长的积极性。援疆教师也利用县级和校级的展示评比活动机会，开展了大量的指导、评审工作，师徒结对也在这一过程中得到扎实推进。

3. 设立兼职教研员开展区域指导工作

为切实提高教育援疆工作的实效和长效，闵行区首次选派了具有较强科研能力，且在教学一线的教师作为援疆教师教研员，探索拓展教育援疆的新领域。

团队内有小学、初中、高中三位兼职教研员，他们积极协助泽普县教育局、教育管理中心开展工作，如开设讲座、指导小课题研究，上公开课，创立骨干教师培训班，带领泽普六所中小学推广“实验型数学学习”方法，建立并指导教育部专项课题研究，引导泽普各校把教师发展的重心放在教研和科研上，帮助泽普县教育局建立教育科研制度，培训相关业务，指导近百项课题的立项研究。

这项工作除了填补泽普教育局相关工作的空白之外，也为泽普六所学校及援疆教师本身的教研活动注入了更多的活力（表2.3）。

表2.3　教研员开设的部分讲座

题目	主讲人	对象
教学质量分析评价与管理	蒋云鹏	全县教学主管校长、教务主任
关于一线教师教育科研的几点思考与建议	蒋云鹏	全县中小学小课题组成员
教育科研管理系列培训	蒋云鹏	全县中小学科研骨干
如何教研更有效	宋丽	全县教学主管校长、教务主任、教研组长
如何设计习题	匡肖祺	全县小学教务主任、数学教研组长

（四）双向发力，强化科研兴校基础建设

利用闵行援疆教师团队的力量和资源，泽普县教育局成立了课题评审指导组，10名援疆教师被聘为评审委员会成员，并顺利完成有组织的县级课题的申报与评审工作。

1. 帮助受援地区建立县级科研课题评审机制

援疆团队协助泽普县教学管理中心制定了泽普县教育教学科研课题申报评审制度，形成县级课题研究管理体系，并牵头建立“项目化”科研课题申报评审制度与实施体系，将科研做到实处。该项工作启动以来，泽普县教育援疆受众已经在课题第一阶段从泽普五中扩展到所有初中以及泽普二中、泽普二小、泽普职业高中。比如，团队集中力量，协助泽普五中进一步细化了“教科研一体化”的工作思路，对照县级层面的课题评审机制要求，对各类教科研制度进行了修改与完善，并创设“教研、科研联络员”职能岗位，构建县级—校级—教研室—科研联络员—教师的教科研工作组织体系。

2. 以“项目化”为抓手指导教师开展课题研究

援疆教育团队以“项目化”科研课题研究为抓手，组织老师们开展“小问题+金点子”的小课题研究，通过研究推动教育教学的改进。

建立“项目化”为抓手的科研课题机制，让学校抓住发展的重要问题并形成课题和平台，通过课题研究推动学校发展。援疆团队则以课题研究为契机，依托闵行区优质教育资源，利用远程培训、现场调研、专家引领、专项评估等形式，将课题研究与援助泽普教育发展有机整合，从而推动教育人才“组团式”援疆工作有序、高效、持续、稳定发展。

2020学年度，泽普县教育科研在援疆教师的带动下全面开展，共立项各级各类科研课题90余项。

3. 开展团队自身课题研究，做好示范引领工作

实施课题研究以来，援疆教师团队基于当地教育教学实情，不但帮助受援学校教师从解决问题出发设计课题，成功立项47项县级课题并全部顺

利结题（详见附件5），而且团队也成功申报并立项自治区级课题1项、教育部课题子课题1项，起到了很好的示范引领作用。

在团队课题研究实施过程中，本课题组成员通过开题活动、中期论证、课题结题指导等方式将自身研究的方法、进度、经验在受援教师中进行分享，对各校的课题研究起到了针对性的指导作用。

（五）加深认识，筑牢中华文化认同的根基

泽普县20万各族人民在党和政府的领导下安居乐业，和睦相处，共同谱写了一首首民族团结的赞歌。泽普教育如同泽普梧桐一样，已经成为泽普一张靓丽的名片，而给这张名片输送养分的正是坚持不懈的党的民族团结教育政策。援疆教师团队在临时党总支和当地学校党组织的领导下，积极发挥党建引领作用，和援助学校一起，扎根基层一线，利用泽普学校已有的优势，扩宽视野，开展校园文化建设，促进形成具有新疆少数民族地区自身特色的校园文化认同和发展。

1.多措并举，奠定校园文化建设认知基础

在帮助受援学校坚持社会主义现代化办学方向，落实立德树人根本任务的同时，援疆教育团队将推进学校文化建设，鼓励学校特色发展作为一项重要工作加以推进，并将特色文化融入中华民族共同体意识纳入教育教学体系，形成课堂教学、社会实践、主题教育、特色文化建设多位一体的教育平台，培根铸魂、启智润心。

一是创新宣传教育载体形式。通过组织学生参加升国旗仪式，共同过重要传统节日、重大节庆日纪念日，参观爱国主义和民族团结进步教育基地，开展中华经典诵读、中华传统技艺教育等形式，大力传播民族团结正能量，让中华民族共同体意识根植各族青少年心灵深处，为学校特色文化发展奠定思想基础。

二是实施“结对共建”工程。每年与上海闵行区七宝、莘松、北桥等多个学校组织开展双向参观学习和“手拉手”“冬（夏）令营”等联谊活动，进一步增进了彼此之间的联系。通过“结对共建”工程的实施，使受

援学校对校园文化和特色发展有了更具体的感受和认知。

三是利用校园已有阵地，开展校园文化基础建设。利用民族团结生态苑使每一名师生、家长成为中华优秀传统文化的宣传员，民族团结的宣讲员；利用校园内集教育性、科学性于一体的专业科普教育馆，提升师生的安全应对能力，感受科技的魅力。

2. 丰富校园文化载体，促进各种交往交流交融

一是推进“九同”育人体系。习近平总书记强调“只有书同文、语同音，方能心相通、情相融”。泽普五中精心设计了“九同”——国语同学、资源同享、科研同步、节日同庆、就餐同桌、就寝同舍、校园同护、困难同度、万里同课的丰富育人载体，使国家通用语言文字普及、推进工作不仅停留于发音，还在于文化内涵的熏陶，进一步促进了交往，加深了交流，帮助各族群众拿到出彩人生大门的钥匙。

二是深入开展“三进两联一交友”活动。为实现师生、家长在五中大家庭中共聚、共学、共建、共享、共事、共乐，援疆团队积极开展融洽感情的工作，提升混合编班、混合办公、混合住宿的育人效果。以生为本，实施五均衡混合编班，即男女、民汉、住宿走读、成绩、城乡均衡，实现民汉教师结对子、同室办公、同桌备课、同堂听课、同步教研。这些活动，在校园文化认同上起到了积极作用。

三是完善学生管理制度。在坚持民汉混合住宿的基础上，加大宿舍文化建设力度，在管理上做到了“四统一”，即统一点名、统一洗漱、统一熄灯、统一起床；“四个一条线”，即被子、毛巾、牙具、鞋子一条线，切实在规范学生养成教育上下功夫，每周评选一次文明宿舍，累计评选文明宿舍400余次。通过以月为主题的团辅游戏和爱心生日会，拉近距离、密切关系、化解隔膜，使各族师生、家长以更加包容和尊重的态度理解彼此，手足相亲，守望相助，使中华民族传统文化精神在学生管理上发挥了应有作用。

3. 坚持法治导向，提升依法治校依法执教水平

一是提升依法治校的文化自觉。用优秀的学校文化实现文化铸魂、文化导行和文化提质，继续坚持不懈地在群众中大力宣传党的民族理论、民族政策、民族法规和民族基本知识，引领各族群众尊法、学法、守法、用法。

二是坚持传承和合文化。在开展工作的具体实践中，以“和”与“合”作为确立和处理师生关系的基本原则，做到具体问题具体分析，绝不将一般性事务和矛盾纠纷归结为民族问题与民族矛盾。

三是坚持法治宣传教育。把民族宗教政策法规教育纳入学校“七五”和“八五”普法宣传总体规划，持续开展普法教育，坚持每年十二月举办宪法宣传活动，开展民族政策法规进学校、进课堂和进教材，让法治观念深入人心。2021年以来，累计开展普法活动20余次，受益师生达到5万余人。

四是开展依法治校实践。依法施教，民主监督，社会参与，构建学校、家庭、社会“三位一体”的未成年人法治建设网络，形成相互衔接、相互贯通、相互补充的未成年人法治教育格局，使家庭教育与社会教育、学校教育紧密相连，提升学校民族事务和现代化建设的治理能力。

4.树立底线思维，提升防范各种风险的能力

一是加强爱国主义教育，抵御西方敌对势力日益加强的思想和文化渗透，进一步增强遵纪守法意识、民族团结意识和社会责任意识。有针对性地开展相关的教育活动，增强师生、家长对于理论政策的理解和全方位的理想信念教育，为民族交往交流交融筑牢了思想根基。

二是守好意识形态阵地，全面贯彻落实总体国家安全观，增强忧患意识，强化底线思维，始终把防范政治风险置于首位，坚决维护国家政治安全，坚决守住意识形态阵地，坚持以社会主义核心价值观为引领，以中华文化为根基，以文化人，以文育人，把铸牢中华民族共同体意识与学校和合文化相结合，砥砺奋进青春，争做时代新人。开展“说好中国话，讲好中国故事，做好中国人”“致敬时代楷模”“最美五中人”等主题系列活动，赓续精神血脉，达到“由和致合，由合致胜”的效果。

三是做好民族领域重大风险防范工作，实行周分析月研判，一日两收集，畅通信息收集渠道，明确摸排研判范围，坚持把开展“大走访、大排查、大化解”“三进两联一交友”“五个管好”工作作为了解社情民意、解决困难诉求、查摆风险隐患、凝心聚力、净化校园阵地的重要途径常抓不懈，历久弥坚，强化风险监测研判，加强舆情引导、排查和管控。

（六）着眼未来，构建可持续发展校本机制

课题组通过走访、督学等形式，对泽普受援学校在职教师专业成长现状开展调查，了解到当前泽普教师队伍受种种因素的影响，不同程度地存在着问题，其主要表现为：缺乏事业追求、教育观念陈旧、技能平而不尖、师德师风有待提高、党的领导与具体实际工作“两张皮”等。据此，教育援疆团队通过以下措施来帮助解决，并着眼未来，拓展途径，构建起教师专业可持续发展的机制。

1.党建引领，创设专业成长大环境

在实际教师党建工作中，既要突出教学的主体地位，也应当充分把握好党建工作的优势，利用党建工作进一步推进各项中心工作的落实。加强学校教师教学水平提升与推进党的建设工作是相辅相成的，一支高质量党建的教师队伍进行教学活动时能够发挥出强大的团队优势，而高教学水平的教师队伍又能推动党的建设的高质量发展。

在临时党总支指导下，援疆团队党小组积极配合所在校党支部，参与当地教师的选聘、评优等工作，从中选拔优秀青年教师重点培养。团队还鼓励每位援疆的党员教师带教1至3名徒弟，积极帮助他们再学习再提高，师徒一起探讨，共同成长。同时鼓励青年党员教师带头学习教育教学理论和技能，提升服务水平，并以制度促提高，让党员教师、青年教师能够更好展示自我，快速成长，并成为学校业务骨干和政治思想引领者。

2.聚焦课堂，示范引领中共同成长

援疆教师们在熟悉校情、学情的基础上，首先“站稳了”自己的课堂。援疆教师同当地教师一起深入课堂教学，承担了普通教师一半的课时量，平均每人每周上课8.8节；通过自身的教学素养，立足课堂，展示了上海的

课堂教学理念、教学技巧，也赢得了受援校教师、领导的认可。

经统计，援疆教师平均每人每周听课2.1节、评课1.8节，每两周开设一节公开课。网上在线教学也是课题阶段特殊时期援疆教学工作的一个亮点。在新冠疫情期间和援疆教师在沪期间（暑假），援疆教师自制教学用具，创设最合适的直播环境，开展在线教学，累计完成1891节网课。

3. 有序推进，搭建教师发展工作平台

（1）校本教研：校本教研是基于学校发展、教师专业成长的研究。援疆团队党支部基于受援学校实际情况，以发生在学校教学现实场景的真实问题以及提升教学水平、教学管理等方面为研究内容，深深根植于学校与教师的现实需求开展校本教研，有利于提升当地教师专业成长。

（2）科研沙龙：由援疆团队教师发挥优势组建科研沙龙，每次沙龙都有一两个中心主题，这些主题从教师真实的教育教学土壤之中提炼出来，它既是教师所关心的热点和重点问题，也是教师体验过的问题。教师围绕主题，联系自己的教育教学实践进行反思，摆出问题，总结过去，理清思路，形成体会，提出困惑，寻求对策。沙龙的主持人要认真做好记录，沙龙结束后进行分析和总结，提炼出规律性的东西。

（3）专业进修：援疆团队党支部和当地学校集思广益，联合制定教师专业进修的“三位一体”原则。一是“三个为主”的原则，即在职为主、业余为主、自学为主。二是分类要求的原则，即对新上岗的青年教师、已胜任教学工作的教师、教学成绩突出的教师，分别做出不同的进修要求。三是学用结合的原则。

（4）生涯规划：通过学校党建引领加强师德师风建设，促使教师对核心素养背景下教师专业素养和专业发展有更深层次的认识，引导教师乐于回归岗位，并能站在课程的高度设计教学，在核心素养背景中实施教学，掌握核心技术，不仅做好“经师”，更要做好“人师”，为新疆教育的未来作出应有的贡献。

在以上提高教师政治站位基础上，援疆团队在受援学校教师培养中引入了入职适应期、成熟胜任期、高原平台期、成功创造期的职业生涯规划概念，引导学校和教师有针对性地开展不同阶段的教师职业发展规划的制定。

4.内外联动，提供更多学习借鉴机会

（1）请进来，专家引领。随着“组团式”教育援疆的深入开展，闵泽两地的联系更为密切。上海教育援疆集团、闵行教育局每年组织专家到泽普为当地教师开展讲座，已经形成惯例和机制。

（2）走出去，访学提升。根据党中央关于新疆少数民族中小学生全面实行国家通用语言文字教学的要求，针对泽普地区达标教师紧缺现状，采取选派泽普地区教师赴内地培训等形式加强对当地国语教师的培养力度，切实提高当地教师的素质。近几年，每年设立专项，通过援疆平台，选派多名骨干教师和青年优秀教师，到闵行参加学习培训。

（3）增互动，网络连线。本课题实施的三年期间，因新冠疫情原因，两地请进来、走出去的机会有所减少，但闵行和泽普两地主管部门通过网络连线等方式，组织教研员、知名教师、专家开展两地互联，创设培训平台，减小了新冠疫情带来的影响。如：为了提升泽普县各校中层干部的课程执行力和管理水平，在援疆管理团队的协助下，闵行部分优秀校长，采用线上培训的形式，利用双休日开设“泽普县部分中小学中层干部培训班”，为泽普学校的领导和中层管理干部提供了优质的学习和培训服务。

第三部分　研究成果综述

一、研究成果总览

教育援疆是落实“中央治疆方略”的具体行动，是实现新疆社会稳定和长治久安总目标的重要组成部分。

2020年3月，上海市闵行区新一轮“组团式”教育援疆工作启动，2020年3月至2021年7月，闵行第一批次援疆教师共68人，2021年7月至2023年1月，援疆教师共19人对泽普县四所初中及部分高中、小学、职业学校等进行援助支教。

两年多来，在闵行教育局、泽普教育局、泽普分指及上海援疆教育集团的关心指导下，闵行援疆团队临时党总支在统一原则的基础上对教师进行合理分工，推动当地学校援疆的联动，充分发挥了援疆教师的团队效能。党总支在援疆工作中加强党建工作，通过探索和实践不断加强援疆教师思想建设，构建和创新了教育援疆这一背景下党建工作的有效途径。

党总支组织援疆教师团队从学校管理、教学教研、师资建设、德育发展等方面寻找受援学校的短板，开展精准援助，实现学校办学水平明显提高。在方法上，牵头建立县级督学制度、科研制度，对泽普教育进行整体指导；在资源上，充分发挥上海各级各类优质教育资源作用，助推泽普五中及联盟校出成效；在机制上，成立两地基础教育联盟，搭建平台，共建共享，形成合力，共同推进试点工作，初步形成具有闵行特色的教育援疆模式，为党建引领“组团式”教育援疆积累了宝贵经验。

具体体现在以下几个方面。

（一）创新了党建引领援疆工作的机制

1.形成了明确的团队管理运行架构

为了让援疆团队融为一体，更好地开展工作，在党建引领下，团队形成了有效的“组团式”教育援疆运行总体架构：成立援疆团队临时党总支，下设党小组，各党小组深入各援助学校。

临时党总支受到上海市教委、上海援疆前方指挥部，闵行教育局和泽普分指挥部、泽普教育局三方领导和管理。

闵行教育局承担援疆团队后方管理，通过远程管理提供后方资源支持与专业指导，为援疆团队解除后顾之忧。援疆团队临时党总支按上级要求，负责管理全体援疆教师。各党小组深入受援学校，在临时党总支的协调下，负责本组内援疆教师的日常工作和管理；同时在受援校党组织的领导下，负责各援助学校的援疆工作。

2.完善了党建引领援疆工作体系

党总支结合受援地学校实际情况，理论联系实际，紧扣教育援疆工作特点，积极探索构建援疆团队“党总支——党员”两级联动党建工作机制。

（1）临时党总支层面。通过抓制度落实、支部建设、融合发展，形成临时党总支“五个一”项目，切实发挥教师党支部在思想政治教育工作中的主体作用，解决党建与业务工作“两张皮”问题。

（2）党员个体层面。实施援疆党员教师“五个一工程”，有效发挥党支部强化党员教育管理、做好思想政治工作、服务广大师生员工的作用。

（3）“三级例会”制度。党总支形成“三级例会”机制：两周一次党政联席会、两周一次小组会、每月一次全体教师会，以议事、交流、总结为内容，做好团队的民主管理、信息的及时沟通，充分发挥团队的力量，不断加强监督执纪，从严管理队伍，为援疆脱贫攻坚战凝聚强动力。

3. 建立了团队内部管理制度体系

（1）成立六个方面的管理部门，明确责任人和职责分工，形成详细的制度和工作指南（表3.1）。

表3.1　援疆团队内部机构

内设机构	主要职责
信息宣传部	驻地环境布置、团队信息发布、资料整理上报
科研部	团队专业发展、县级课题管理
采购部	团队物资采购、领用
维修部	驻地设施设备维修、管理
食堂小组	食堂安全、卫生监督，菜品质量把控
沙龙小组	驻地内文体活动组织

（2）制定内部工作的原则。为使所有援疆教师都能找到归属感，以更饱满的精力和状态投入到教育援疆大业，各内设部门围绕以下几个原则开展工作：环境布置中群策群力；文体活动中组织有序；生活保障中和睦相处。

4. 形成了行之有效的统一管理规定

首次将组织部和市教委两条线的援疆教师纳入一个团队，形成如下管理和工作的统一要求。

（1）内部管理“四个统一”。即两线统一、待遇统一、居住统一、要求统一。

（2）工作要求“二同管理”。即工作量基本相同，上下班同进同出。援疆教师上课节数按当地教师课时数的一半，另一半工作量为当地学校教师进行指导和培训，做到工作量基本相同。各小组上下班同进同出，保证了整个援疆团队工作时间基本一致，也便于作息时间和安全的管理。

（3）“四个三”工作量安排。即每位援疆教师日常教育教学工作都有“三课”：上课、听课、评课；有“三会”：参加备课组会、教研组会、年级组会；有“三有”：有师徒结对、公开课、教师讲座；有“三尽量”：尽量开设拓展课和班会课、尽量参加教工大会和培训会、尽量有校本课程和课题。

日常工作量的规定让每位援疆教师对自身援疆工作有了明确目标，在一年半的援疆实践中发挥了积极作用，得到了上级领导的充分肯定，并作为一项经验得以推广（表3.2）。

表3.2 闵行援疆教师每月工作情况汇总报表

日期：____月____日 所在学校：______ 姓名：______ 派出学校：________

一、“四个三”工作列表			
三课	上课（ ）节	三会	备课组会（ ）次
	听课（ ）节		教研组会（ ）次
	评课（ ）节		年级组会（ ）次
三有	师徒带教活动（ ）次	三尽量	开设拓展课和主题班队会课（ ）节
	执教公开课（ ）次		教工大会和培训学习（ ）次
	开设讲座（ ）次		课题研究和校本资料（□有 □无）
二、“四个三”工作的讲稿、文章、PPT、照片、主题等（简单描述并附电子稿）			
三、指导或管理工作（如指导教师或学生获奖；参与班级、教研组、年级组、学校管理工作。简单描述并附照片、图片、文本、PPT等）			
四、可公开的个人教育故事、感悟、心得、教后感、随笔等（简单描述并附电子稿）			

（二）形成了新时期教育援疆工作模式

1.推进了教育援疆工作模式的不断完善

课题阶段第一批援疆团队，在党建引领下，结合泽普县教育需求和实际情况，形成了“一体两翼”协同发展的援疆模式。援疆团队组成“以五中为盟主校的初中教育联盟”，并打破学段壁障，与二小、二中良性互动，开展学段衔接、联合教研等活动。

课题阶段第二批援疆团队，结合援疆教师变动的实际情况，援疆模式也进行了改进，形成了新的“组团融合，协同发展”的援疆模式。包括三个层面的组团工作融合：①以泽普五中和泽普二中为核心，形成闵行援疆教师团队的工作融合。②把各受援校涉及援疆工作方面的教学、教研、德育及督导等紧密融合。③把援疆涉及的三个学段教育即基础教育、职业教育、成人教育有机融合。

2.“三层组团，融合推进”成为工作亮点

课题阶段两批援疆团队，从“一体两翼”协同发展改进为“组团融合，协同发展”，虽然本质上还是围绕着组团的核心即“小组团”“中组团”“大组团”开展，但其融合的程度大为提高，成为工作中的亮点。

（1）教育“组团式”援疆，不同于之前简单地按照学科将援疆教师分配到各教研组参与教学的方式，而是从校级层面的顶层设计、中层条线的组织管理、学科教研组浸润指导、重点项目带头推进等几个维度，使援疆教师全面地参与学校各项工作，如学校规划制定、教学管理、课程建设、教师发展、教育科研、学校德育。

（2）教育“组团式”融合推进援疆，也不仅仅是进驻一所或几所学校分散的几个援疆小分队，而是根据各校的需求，在援疆团队内部有分工，有跨校际交流和合作，形成更为有效的互动交叉“组团”方式。

（3）教育“组团式”融合推进援疆，援疆教师团队是政府各部门援疆工作的一部分，因此可以借助政府的力量和优势，为教育援疆带来更多的资源。从更大范围说，前方指挥部和上海援疆教育集团构成了一个更大的“团队”。通过加强与上级援疆组织的联系，就可以发挥大后方专家优势，形成边际更加宏大的“大组团”队伍，从而大大提升援疆教育团队的工作效能。

（三）优化了教育援疆团队的工作策略

1.提高政治站位策略

在2022年党的二十大即将召开、上海出现新冠疫情的特殊情况下，利用各种时间间隙，强化学习宣传，让援疆教师关心国家大事、身边要事，传递正能量，增强援疆教师的使命感和责任感，提高政治站位，形成良好氛围，更好推动工作的开展。

2.设立阶段目标策略

把本届援疆的三个学期分为三个阶段。提出了三个逐步渐进的工作目标。第一学期：了解熟悉、立足课堂；第二学期：工作推进、各显特色；第三学期：成果展示、总结提升。做到时间节点清楚、任务目标明确。

3.聚焦专业发展策略

教育援疆的真正目的，是培养一支带不走的优秀教师队伍。当地教师比较缺乏的是教师专业发展的思想。援疆团队在当地教学班级数虽不多，但言行更容易受到关注。平时教研活动或与教师交流，都能聚焦教师专业发展，这对当地的教育发展是一种长远的潜移默化的引导。

4.转换优势劣势策略

本批次援疆教师人数较少，没有做到每所初中学校都派驻援疆教师。在未派驻援疆教师学校的强烈需求下，团队内部自然迸发出共同协作的动力，促进了团队协作的意愿。因此不同于上一届一组一个学校相对固定的这种援助模式，本届的协同作用得以更好地发挥。

5.激发内在动力策略

援疆教师在上海时，不一定有很多给同行作讲座和报告的机会。随着地域的变化、身份的变化，援疆教师在当地经常被邀请做微讲座、组内主题报告。这种"专家效应"，使援疆教师内生出了一种动力，发挥出了更多的潜能，从而也更好地促进了援疆教师自身的发展，最终形成了援助者与受援者"双赢"的局面。

（四）开发了教育援疆团队学习的课程体系

援疆团队不断积累、整理，已经初步形成涵盖意识形态、民族政策、风土人情、制度要求等方面的培训资料，构建了援疆教师思想理论学习课程模块和图谱（表3.3）。这不仅有利于援疆教师更快速地进入角色，发挥优势，在工作中结合当地实际情况了解某些现象产生的深层原因，还对后续的教育援疆工作可持续发展带来重要的借鉴学习作用（详见附件3）。

表3.3　2022年援疆教师师德师风专题学习计划表（举例）

序号	培训日期	时间	培训内容
1	3月18日	20:30—21:30	深入学习贯彻习近平总书记关于教育的重要论述(奋力开创新时代教育工作新局面)
2	4月1日	20:30—21:30	中小学教师违反职业道德行为处理办法
3	4月15日	20:30—21:30	新时代中小学教师职业行为十项准则
4	4月22日	20:30—21:30	喀什地区教育系统关于建立教师师德承诺书和师德档案的实施方案
5	4月29日	20:30—21:30	自治区教育厅关于对6起教师违反师德师风典型案例的通报等

（五）打造了项目路径统一的工作平台

党建引领下，援疆教师形成了一支团结聚力、开拓进取的团队。在几年的援疆过程中，全体援疆教师都能严守政治纪律，积极开展工作实践，在传统教学、教研、师徒带教、结对指导的基础上，在更多领域有了新的突破和创新。

1.建立了县级责任督学制度

2020年闵行对口教育援疆首次派出闵行区的专职督学，制定了援疆支教督导工作计划和《泽普县责任督学挂牌督导办法》，协助筹备、召开了泽普县督学聘任大会，聘任了29名新一届责任督学，并对新一届责任督学进行了挂牌督导的实务培训，启动了对学校的挂牌督导工作。两年时间培养起来的兼职督学队伍和运行机制，持续发挥作用。从这个意义上看，督学的选派以及前两年的工作，真正实现了援疆的目标：培养了一支带不走的督学队伍（详见附件4）。

2.形成了县级科研课题机制

协助泽普县教学管理中心，制定了泽普县教育教学科研课题申报评审制度，形成县级课题研究管理体系。牵头建立“项目化”科研课题机制，以制度与体系的双完善，将科研做到实处，创设教研、科研联络员岗位与职能，构建校级—教研室—科研联络员—教师的教科研工作组织体系。

3.分担了各校条线管理任务

援疆教师根据自身工作经验和特长，进入学校教务处、政教处、教研室等相关职能部门。在工作中无痕化渗透教育教学管理的先进理念和方法，提升受援校的行政管理水平，为学校教育教学、师资建设、课程建设、学生发展等工作制定更加行之有效、切实可行、科学严谨的工作方案和管理办法，为教师的发展、学生的成长提供强有力的引领与支撑。

4.发挥了学科教研员的作用

2020年闵行对口教育援疆首次选派了具有较强科研能力，且在教学一线的教师作为援疆教师教研员，探索扩大援疆资源辐射范围。教研员积极协助泽普县教育局、教育管理中心开展工作，成立泽普县课题评审指导组，有10名支教教师被聘为评审委员会成员，并进行第一次有组织的申报与评审工作。教研员还协助教管中心，制定泽普县教育教学科研课题申报评审制度，初步形成县级课题研究体系。

2020学年度泽普县教育科研在援疆教师的带教下普遍开展，共立项各级各类科研课题90余项（其中闵行援疆教师主持47项）。援疆教师作为教研员的工作机制，有力地推动了泽普县教育科研工作的开展。

5.创新了党建引领德育方法

党建工作和德育工作在目标上具有一致性，党建工作为德育工作的开展奠定基础并且发挥着领导作用。援疆团队探索构建“党建+德育”的育人途径和工作机制，协助受援学校顶层推进“三全育人”综合改革；探索并构建泽普五中党建引领下的“立德树人”家庭教育指导的协同系统，提高学校家庭教育指导的实效，在学校内部构建泽普中小学家庭教育发展全方位指导系统（详见附件6）。

6.开展了丰富多彩的主题培训

援疆团队通过示范带教、师徒结对、培训讲座等形式，对当地教师开展通识培训和专项培训。援疆教师有面向组内教师层面的，也有面向教研组长和备课组长层面的，还有面对中层干部及校级干部层面的；内容围绕教学设计、教材解析、命题能力、课题研究、教研组建设、教研组备课组建设以及教学管理、德育管理、班主任工作、学校管理等关键点。这些指导培训活动，帮助教师树立了新型的教育观、学生观和质量观，提高了教育教学理论素养，促进了教师理解和运用课堂教学新模式，提升了专业素养。

7.组成了中学教科研联合体

为更好发挥组团式教育援疆优势，泽普教育局成立了以援疆教师为各学科组长，各校各学科教研组长为副组长，所有泽普县中学教师都参加的“中学教研联合体”项目。教研联合体的成立，旨在充分发挥援疆教师的引领作用，构建“教研+培训”的研训一体模式，推动泽普县各校教研组建设和教师的专业发展。援疆团队制定了完整的计划和方案，做到定内容、定时间、定地点、定主题发言人，初步形成主题系列化，每个月每学科举办一次联合教研体活动。2021学年第二学期每个学科举行6次，共举办56次活动。

8.拓展了远程教育援疆形式

依托全国智慧教育示范区优势，充分借力闵泽远程教育平台，援疆团队借助信息技术，将远程录播教室、在线课堂作为校本研修的重要基地。团队充分利用后方资源，组织五中等受援校与上海后方开展万里同课、万里同研活动，让教师不出门就能感受到上海名师的魅力，学习到上海先进的教育理念与方法，潜移默化地改进自己的课堂，提升自我教育教学水平。

9.构建了教育援疆联动机制

近年来，上海前指、泽普分指、闵行教育局等各级领导对学校“组团式”教育援疆工作给予高度关注。闵行教育援疆团队充分利用优质资源，初步构建了五大联动机制。

（1）建立闵泽联系纽带。

在援疆教师的选派、当地教育的需求等方面，闵泽两地建立了较为密切的联络，促进了两地政府的交流和交往，两地教育主管部门的紧密联系。

两地政府主管部门每年都有互访，及时传递信息和资源，促进两地发展。政府及教育主管部门还组织专家团队，开展有针对性的指导活动。

（2）深化校际伙伴合作。

在援疆教师团队的联络下，泽普当地学校和闵行学校联系加强，特别是受援学校积极主动和闵行学校建立合作，签署学校援助合作协议。如泽普五中和七宝中学教育集团文来学校、闵行三中等优质学校建立结对关系。在双方教育局的关心下，促进了学校间教育管理人员和骨干教师的异地交流、互访、学习。

（3）开展线上教研联动。

援疆教师主动和闵行大后方联系，通过网络视频、在线互动等方式，积极开展闵泽两地远程教研活动。后方的教研员和专家通过援疆教师这个“桥梁”把两地紧紧联系在一起，开展了万里同课、万里同研等教学研讨。受援学校还与闵行学校签订了结对共建协议，拓宽了援疆的通道，推进了“大组团”援疆模式的开展。

（4）共享闵教竞赛平台。

闵行的竞赛平台给泽普学子创设了个性展示机会。受援学校主动和上海市作文大赛组委会联系，泽普五中和泽普二中全体学生还参加全国中学生作文大赛上海赛区的比赛，多名学生获奖。部分学生参加闵行区“莘城杯”“莘中杯”等比赛，并获得奖项。围绕学校管理、学科教研、师资建设等工作引进文来学校的优质资源，促进学校优质发展；从吴泾中学、莘光学校、莘城学校导入“健身操”“书画”“舞蹈艺术”等项目，丰富学校拓展课程，促进学生个性化发展。

（5）打通爱心传递通道。

援疆教师团队还为泽普学校在项目开展上提供援助力量。多位援疆教师通过与后方联系，向二中、五中、六中的学生捐助学习用品及大批衣物等，为当地贫苦学生提供援助，主动奉献爱心。这些捐助增进了闵泽两地的友情，给当地教育发展增添了动力。

（六）实现了教育援疆项目的功能性价值

党建引领的组团式教育援疆，其最终目的是变“输血”为“造血”。在本课题所涉及的教育援疆时段中，援疆团队在教育援疆党总支具体领导下，抓住教师和教学的“牛鼻子”，以骨干教师、青年教师为核心，搭建了各种教师发展共同体，以发展规划、项目参与、任务驱动、目标考核的过程管理与各种专项活动，提升教师的管理力、指导力、研究力，在此基础上，培育校内教师优质资源，积极创建学校教师发展的“骨髓库”，初步实现了由输血、造血到活血的转变，实现了教育援疆项目价值的最大化。其价值的核心包括了以下两个方面。

1.形成了“1”“2”“3”“4”造血机制与途径

“1”是围绕教学成效、教研能力、科研成绩、辐射引领四个领域明确了具体条件，评选了多名骨干教师，打造了各受援校的骨干教师队伍。

“2”是制定了成熟型骨干教师和优秀青年教师培养的两个不同工作要求。

“3”是明确了学科骨干、德育骨干、管理骨干的培养目标和方向。

“4”是实施了四个培养措施：制定发展规划的措施；搭建平台开展任务驱动的措施；专项培训、分层推进的措施；利用远程教研平台进行学术交流的措施。

2.创建教、研、训一体活血“工具箱”

援疆教师以“教、研、训一体”为载体，围绕“教学水平提高、教研能力提升、研究意识增强、研修动力激活”四个重点问题，有针对性地打造了夯实教学、规准教研、做实科研、按需培训四把工具，创新“学科+教学+教师”组合援助模式，形成了具有输血功能的集束“工具箱”。其工具的作用分别为：

第一把工具——夯实教学。通过推门听课、教学微视频等进行教学评估，诊断教学问题，针对性提出改进措施。

第二把工具——规准教研。研制“听评课细目表”，建立一看（教案）、二听（教师、学生表达）、三观察（教学过程、师生互动、目标达成）听课标准，“是什么、为什么、反思重建”的说课标准，“优点、不足、建议”的评课标准，规范教研程序和标准。

第三把工具——做实科研。建立校级—教研室—科研联络员—教师四级教科研网络，开展“小问题+金点子”的小课题研究，以问题解决促进教师研究意识增强。

第四把工具——按需培训。以教师需求为中心，开发“通识课程+专业课程+自主研修”的培训课程，构建起了“远程+线上+线下”的培训模式。

二、课题成果初步验证

（一）调查问卷表明，援疆团队工作获受援方较高评价

为检验课题阶段教育援疆团队党建引领“组团式”教育援疆模式的具体成效，课题组通过网络问卷调查方式（问卷星）进行了援疆工作满意度调查，情况如下。

1.调查问卷设计

调查问卷包含四个一级指标：①工作态度满意度（援疆教师的工作态度？调研对象是教师）；②工作成效满意度（援疆工作给学校哪些方面带来显著改善？仅调研正副职书记、校长）；③工作环节满意度（援疆教师在哪些环节带来了改变？仅调研学校中层）；④教学环节满意度（援疆教师在哪些教学环节帮助您提升？仅调研结对青年教师）。（详见表3.4）

表3.4 援疆工作满意度评价指标一览表

一级指标	二级指标	调查对象
工作态度	工作主动性、教育教学理念、教学基本功、教科研水平、与学生沟通能力、教学新技术、传帮带、吸取建议	针对全体教师

续　表

一级指标	二级指标	调查对象
工作成效	行政管理、教学管理、学生管理、课程建设、教师发展、教育科研、学校德育、家校工作、校园文化、办学硬件	针对校长
工作环节	教师专业发展、课程体系拓展、学科发展动态、教研组管理、学生管理、家校联系	针对中层
教学环节	教材解析、教材设计、课题教学技能、师生沟通、试卷命制能力、教学理论素养、教学新模式、教学新理念、教学新技术、教学科研	针对结对青年教师

2. 调查问卷说明

共回收有效问卷403份。在被调查样本中，受援学校领导（正副书记、校长）样本占6.2%，中层样本占14.9%，传帮带结对青年教师样本占25.1%。因此，该调查问卷同时兼顾了数量和结构，能较真实地反映受援单位的满意度情况。

3. 问卷数据分析

在援疆工作态度方面，当地教师对援疆教师的作用高度认可。满意度最高的项目是“教学基本功扎实”，占90.5%；“教育教学理念先进、视野开阔”，占88.7%；“教育科研水平高”，占79.2%。相对而言，在支教教师的工作积极性、沟通学生与关爱学生、向当地教师学习等方面的认可度尚需提高。这为今后支教教师要进一步融入当地，更加用情用心地投入工作提供了依据。

在援疆工作成效方面，对受援学校的教师发展、办学硬件带来了显著改善的满意度均在95%以上，教育科研、教学管理满意度也均在85%以上。由于援疆教师以一线课堂教学和参与学校管理为主，因而参与校园文化建设、学校德育、家校工作等方面存在不足，这也为今后的教育援疆工作提供了借鉴。

在援疆工作环节方面，满意度最高的是“教师专业发展”和“教研组管理”两个环节，前者满意度高达100%，后者97.7%，整体满意度都很高。

在教学环节提升方面，教学设计、课堂教学技能、师生沟通等满意度均为100%，教学理论素养、教学新模式运用的满意度分别为98.6%和98.5%。在四个一级指标中，教学环节满意度最高（表3.5）。

表3.5 援疆工作满意度调查数据统计表

一级标题	二级标题	比例(%)
工作态度	工作主动性	76.2
	教育教学理念	88.7
	教学基本功	90.5
	教科研水平	79.2
	与学生沟通能力	67.3
	教学新技术	71.4
	传帮带	73.2
	吸取建议	54.8
	其他	4.8
工作成效	行政管理	84.2
	教学管理	86.0
	学生管理	78.9
	课程建设	69.4
	教师发展	97.9
	教育科研	89.1
	学校德育	42.9
	家校工作	66.7
	校园文化	53.8
	办学硬件	95.8
工作环节	教师专业发展	100
	课程体系拓展	90.7
	学科发展动态	84.7

续　表

一级标题	二级标题	比例(%)
	教研组管理	97.7
	学生管理	83.9
	家校联系	89.5
	其他	75
教学环节	教材解析	96.4
	教学设计	100
	课堂教学技能	100
	师生沟通	100
	试卷命制能力	94.2
	教学理论素养	98.6
	教学新模式	98.5
	教学新理念	92.9
	教学新技术	90.6
	教学科研	93.6

（二）双向融合相互促进，教育援疆工作呈现双赢局面

经过三年实践，党建引领组团式教育援疆的闵行模式，在以下这些方面取得当地学校和教师较高的认同。

（1）实施“传帮带”，帮助建立机制，带出优秀教师。

（2）积极实施闵、泽两地校际共建，促进两地学生深入地交往交流交融，实现文化润疆。

（3）充分发挥上海市互联网优势和丰富的网络教育资源，通过远程同步课堂、名师网络课堂、教师网络研修等渠道或方式，加快推动“互联网+智慧教育”。

（4）充分利用闵行后方优质教育资源，为受援地区学校可持续发展提

供强大的支撑力量。

三年来，闵行教育援疆团队在运用“党建引领，组团推进”模式帮助受援学校的同时，自身也有了明显提升和许多收获。除了教师个体获得众多荣誉之外，闵行区援疆教师临时党总支还荣获2017—2020年度“上海市助力脱贫攻坚先进集体”，这也是本届获奖的50个集体中唯一的一个教育援疆团队，由此表明，援疆团队自身的工作能力与工作价值得到显著提升。

第四部分 新时代教育援疆实践的思考与展望

一、党建引领“组团式”教育援疆创新实践的感悟与思考

（一）教育援疆必须树立长期坚持、精准施策的思想观念

教育援疆，非一蹴而就，而是一项长期和艰巨的事业。我国教育对口支援政策历经革新与完善，在推进西部贫困地区教育快速发展中发挥了积极作用。

但是，无论是传统的教育对口支援“基础模式”、新发展的“协作模式”，还是“组团式”教育人才援藏援疆新模式，仍呈现“单向度”“机制僵化”“计划经济”“高成本低效益”等特征，以及相关政策、法律、法规不健全、不协调，宏观顶层设计与统筹规划不够到位，社会力量参与和评估机制缺乏等亟待破除的体制机制障碍。这些问题的彻底解决，需要长期不懈的努力。

在诸多致贫因素中，教育是最主要的因素，而发展教育事业也是阻断贫困代际传递，实现精准脱贫的根本途径。

以前的教育援疆，主要针对受援地区教育投入不足、办学硬件条件较差的问题，现在，通过精准教育援助的方式，已经朝着既要改善办学条件的硬件，更要对症下药，重点面对教育的软件，如师资队伍的建设等更具体、更贴近教育核心要素的问题。

然而，这些问题非常具体，非常个性化，不仅和某一地区的经济发展相关，还与各类学校管理、政府教育治理的基础、制度、人文等因素相关，这些因素的叠加，加大了问题的复杂性和不确定性，因此教育援疆对精准施策的要求越来越高。

（二）坚持党的领导是“组团式”教育援疆成功的根本保障

面对新时代教育援疆的长期性、精准性要求，对教育援疆工作全局性、方向性的把握就显得更加重要。

习近平总书记在全国教育大会上发表重要讲话时明确指出，各级党委要把教育改革发展纳入议事日程，党政主要负责同志要熟悉教育、关心教育、研究教育。总书记的重要讲话从党和国家事业发展全局出发，突出强调了加强党的领导对于做好教育工作的重要性。

作为教育工作的一部分，“组团式”教育对口支援体现了党对新疆教育的特殊关怀，理应在具体的援疆工作中充分体现党的领导，这样才能在涉及统筹协调、人员调配、后勤服务、考核激励、监督保障等一系列工作中凝心聚力，克服困难，砥砺前行。

因此，坚持党的领导，发挥各级党组织的作用，抓好受援学校党建工作，发挥学校基层党组织和教师党员在内部治理、立德树人、课程建设、课堂改革、贫困生帮扶等方面的战斗堡垒和先锋模范作用，是提升教育援疆工作质量的根本保证。

（三）为学生成长奠基是“组团式”教育援疆的出发点和归宿

教育援疆，是为当地学校培养一支带不走的优秀教师队伍，更是为党育人、为国育才的一项基础性工作。为学生成长奠基则是“组团式”教育援疆工作的出发点和归宿。

面对贫困生、弱势学生，开展有针对性的、循序渐进的扶志、立志教育尤其重要。每一位教育援疆团队的成员，都要立足长远，着力培养学生对自己、对家庭、对家乡、对社会的责任感，培养学生战胜困难、挑战自我的勇气和决心。

教育援疆团队通过聚焦课堂、加强德育等方式，不但要让学生学到知识，还要让学生树立理想信念，明确学习目的，形成严明的纪律，养成良好的习惯，形成自律的意识和坚强的意志，使教育的终极目标落实到人，为学生的成长奠基。

二、党建引领“组团式”教育援疆实践的建议与展望

中国特色社会主义进入了新时代，这是我国发展新的历史方位。闵行教育援疆团队应以此为契机，进一步提升教育援疆工作的成效。

（一）注重项目的科学规划，做到软件和硬件支援并举

建议闵行区教育援疆继续坚持“规划先行、注重民生、全面发展”的基本思路，更加注重软件支援和硬件支援的力量分配，科学编制教育援疆项目规划，确保每一个项目落地见效。切实提高项目的针对性和有效性，尤其要加大对突出学校师资队伍建设、教育教学质量提升等反映“造血”“活血”功能指标的项目的投入。合理运用包括本课题在内的各种经验总结和实践研究的成果，使之成为教育援疆行之有效、不可多得、具备软硬件综合功能的特殊“工具”。

（二）各部门继续协同发力，完善援疆教师选拔和分配办法

教育人才“组团式”援疆是根据受援学校所需，选派指导能力强的援疆教师组成团队，集体作战，帮助其提升管理水平、教学水平和科研水平的一项综合性很强的任务。随着连续多年的援疆教育工作开展，闵行区教育局在每届援疆教师的选拔过程中，遇到了需求量大而选择面越来越小的问题，尤其是指导能力强、愿意和能够援疆的教师越来越稀缺，这是短时间内难以解决的矛盾。

因此，援疆教师的选派必须进一步注重少而精。同时，在援疆教师参

与受援学校工作方面，还有纯粹填补当地教师数量的不足，没有充分发挥援疆教师指导和传帮带最大作用的现象，这也给各部门协同发力协调受援地区、进一步完善援疆教师的分配办法提出了新的要求。

（三）进一步完善体制机制，形成闵行教育援疆的后发优势

首先，建立传承接续机制。每批次援疆团队应通过举行工作交接仪式、召开工作研讨会等形式，进行沟通交流和工作对接。通过这种机制，总结传承上一轮援疆团队的成功工作经验，为新一轮援疆团队实现有效接续、无痕接续奠定基础。

其次，完善教育援疆评估的监督机制，建立科学的绩效考核评估体系。在监督机制的保障下，通过科学的绩效评估，让援疆团队的每一个成员明确自己的工作任务，提升教育援疆成员的工作质量和水平，并通过每一轮团队成员的共同努力，形成闵行教育援疆延续不断的后发优势，为提升“党建引领下的教育援疆工作”的整体质量和水平奠定基础。

回望来路，砥砺前行；展望未来，任重道远。相信并期待，闵行“党建引领下的组团式教育援疆”业已形成的模式与方法，在一批又一批教师团队持续不断的援疆工作中发挥更加明显的助推作用，让更多的团队和教师从中受到启发，大幅提高教育援疆工作的综合效能。

主要参考文献

朱培民.20世纪新疆史研究[M].乌鲁木齐:新疆人民出版社,2000.

吴福环.新疆少数民族发展报告1949—2009[M].乌鲁木齐:新疆人民出版社,2009.

中共中央文献研究室,中共新疆维吾尔自治区委员会.新疆工作文献选编(1949—2010年)[M].北京:中央文献出版社,2010.

中共中央党史研究室.执政中国·第五卷[M].北京:中共党史出版社,2009

喀什地区党史地方志办公室.喀什年鉴(2006年)[M].喀什:喀什维吾尔文出版社,2006.

中共新疆维吾尔自治区委员会党史研究室.中共新疆地方史[M].乌鲁木齐:新疆人民出版社,1999.

中共湖北省委党史研究室,新疆生产建设兵团党委党史研究室.湖北二十世纪五六十年代援疆史料选辑[M].武汉:湖北人民出版社,2008.

政协新疆维吾尔自治区委员会文史资料和学习委员会.上海儿女在新疆[M].乌鲁木齐:新疆人民出版社,2009.

党育林,张玉玺.当代新疆简史[M].北京:当代中国出版社,2003.

马敏,王玉德.中国西部开发的历史审视[M].武汉:湖北人民出版社,2001.

刘铁.对口支援的运行机制及其法制化:基于汶川地震灾后恢复重建的实证分析[M].北京:法律出版社,2010.

方英楷.新疆屯垦史[M].乌鲁木齐:新疆青少年出版社,1989.

李福生,方英楷.新疆兵团屯垦戍边史[M].乌鲁木齐:新疆科技卫生出版社,1997.

李福生.新疆生产建设兵团简史[M].乌鲁木齐:新疆人民出版社,1997.

张友德.新疆农垦经济概论[M].乌鲁木齐:新疆人民出版社,1989.

赵予征.新疆屯垦[M].乌鲁木齐:新疆人民出版社,1991.

徐磊.清代锡伯族屯垦对当代新疆兵团屯垦的启示[J].伊犁师范学院学报(社会科学版),2012(4):40-42.

靳薇.关于援疆问题的调研报告[J].科学社会主义,2012(4):118-122.

陈大斌,孙明振.我国强调对民族地区实行对口支援[J].瞭望,1991(47):16-18.

周建伟.对口支援玉树灾区法制化的思考[J].柴达木开发研究,2011(2):44-46.

罗斌.当前对口援疆政策的实施现状研究:以哈密地区为例[D].长沙:中南大学,2011.

魏红跃.1955—1965年的上山下乡研究[D].西安:陕西师范大学,2007.

王振华.二十世纪五六十年代湖北援疆历史考察[D].武汉:华中师范大学,2011.

习近平.论把握新发展阶段、贯彻新发展理念、构建新发展格局[M].北京:中央文献出版社,2021.

侯晓东,朱巧玲,万春芳.百年共同富裕:演进历程、理论创新与路径选择[J].经济问题,2022(2):1-8.

吴文新,程恩富.新时代的共同富裕:实现的前提与四维逻辑[J].上海经济研究,2021(11):5-19.

李实.共同富裕的目标和实现路径选择[J].经济研究,2021,56(11):4-13.

中共中央关于党的百年奋斗重大成就和历史经验的决议[N].人民日报,2021-11-17(01).

朱继东.中国为何要坚定不移地走共同富裕道路[J].马克思主义研究,2012(2):46-53.

曹永栋.新思想对马克思主义共同富裕理论的丰富与拓展[J].国家治理,2021(30):3-7.

张晶,王永.以教育扶贫为抓手 实施“智志双扶”[N].光明日报,2020-10-30(06).

彭妮娅.教育扶贫成效如何?基于全国省级面板数据的实证研究[J].清华大学教育研究,2019,40(4):90-97.

吴彬镪.教育扶贫的价值取向、现实困境与治理策略[J].教育评论,2020(3):11-17.

国务院扶贫办政策法规司,国务院扶贫办全国扶贫宣传教育中心.脱贫攻坚前沿问题研究[M].北京:研究出版社,2019.

曾天山.教育扶贫的力量[M].北京:教育科学出版社,2018.

附件1　援疆团队小组工作总结

示范引领　培育特色

——闵行援疆教师泽普五中组工作总结

顾向东　尹信茂[①]

带着“教育援疆”“文化润疆”的使命和职责，援疆教师五中组全体16名成员在顾向东校长的率领下，坚持“夯实基础，做好常规，培育特色”的原则，聚焦教研组建设、学生身心健康等重点问题，按计划扎实做好各项教育教学、教师培养等工作，利用闵泽两地资源共享的优势，开展远程教研，进行物资帮扶。在“1+N”团队构建基础上，继续扩大援疆团队对当地教育的指导效果，有序有效地完成援疆支教的各类工作。

一、党建引领，提升援疆政治站位

第一批9名教师，第二批7名教师抵疆后都经过系列学习和交流，对新疆的社会环境、泽普的教育情况有了深入的了解，提前对在疆支教工作进行思考，做到有的放矢，强化尊重当地实际开展工作的原则。整个援疆过程中，所有成员都参与到年级组、教研组、备课组活动中，全部参与每次学校全体教工大会，主动了解学校的重点工作，并在自身后续教育教学中

① 尹信茂，上海市君莲学校课程部主任，2020年3月至2021年6月在新疆喀什地区泽普县第五中学开展教育援疆，担任闵行援疆教师泽普五中组副组长，兼泽普五中教导副主任。

进行渗透。通过小组会议及时布置、沟通、讨论问题，大家力求更好地达成共识，理解援疆使命，明确支教职责。

结合团队党总支“五比五学三赶三超”活动，五中组积极开展系列活动，提高政治站位，彰显援疆风采，包括党史学习教育、体会交流、教学展示、论文撰写等。顾向东、尹信茂分别开展党史讲座，李彦泠、胡荣海做主题演讲。

为了更好地调动团队力量，发挥组团式援疆1+N模式的优势，由顾向东校长主持的课题《党建引领“组团式”教育援疆工作的实践研究》获得2021年上海市教育科学研究项目立项，并于2021年1月26日下午，在闵行第三中学举行开题论证会。

二、立足课堂，做好教学示范引领

每位成员都担任学科教学任务，人均周课时量10.2节。面对学生人数多、学习基础弱、每周课时量大、假期较少等困难，大家给予理解与配合，严格要求自己，踏实上好每一节课。网课教学期间，大家不推诿，不讨价还价，人均网课达35.4节。利用闵行教师较好的信息素养和应用能力，按照现有的条件和计划积极准备，克服重重困难，利用最有效的方式开展在线教学。教师发挥各自优势，设计教具，开展在线督课，进行网络教研，积极贡献自己的教育教学智慧。

发挥泽普五中初中联盟龙头学校的作用，组织开展校际研讨和主题讲座。2021年4月展开了援疆教师集中展示活动。五中组鲍岚萍、胡荣海、费冬青、周园、孙守思分别授课，分指、教育局领导到场参与。在2021年5月24日的援疆团队展示活动中，张志民老师代表初中组上了一节展示课，孙守思、周园、李彦泠、钟建军四位老师进行项目现场展示，得到一致好评。

援疆教师协调五中教学部门克服困难，在七年级开展“第二课堂”实践，学生根据自己特长、兴趣选择课程展开个性学习。最终共开设25门课程，其中6门课由援疆教师开设：创意编程（孙守思）、创意国画（周园）、航模（钟建军）、女篮（莫晓勇）、羽毛球（陈迎峰）、创意数学思维（李彦泠）。孙守思老师根据实际教学效果，印刷《“十块奇”积木学编程》学习资料；周园老师的《创意中国画》也已整理成册，为后续的课程学习提供保障；陈迎峰老师的《生物辨读课程》也正在修订过程中。

同时，团队组织教研组进行各类学科活动。尹信茂指导地理教研组进行“祖国在我心中”手绘地图比赛；徐秋实指导历史组开展“我阅读、我成长、我快乐”七年级历史成语故事手抄报评比；钟建军组织思政教研组开展“品优秀诗词，书爱国情怀，迎建党百年”手抄作品活动。

三、积极推动，提升教研一体化效能

援疆团队不断加强学校教研组、备课组建设，在落实活动“四定”（定时间、定地点、定人员、定内容）的基础上，深入各组进行专业引领；指导学校“教科研一体化”的实施和探索，使教研活动聚焦一个主题开展，提高了针对性和实效性，实现校本教研、校本科研、校本培训一体发展，以及“理论—实践—再理论—再实践”螺旋式提升的良性循环。援疆教师积极承担组内研讨课，人均开课7.5节，为教研组教学研讨提供多元平台；人均听课39.1节，为教学改进提供指导；在教研组内开展主题讲座57次，分享心得、闵行智慧；通过网络，进行7次网络互动研讨和活动，加强闵行和泽普的互动，提升教学研讨的质量。

协助学校组织“三笔一话”（钢笔、粉笔、毛笔、普通话）、班主任班会课、思政课、教学微课、教学课件制作、小论文、教学案例等比赛，援疆教师承担组织和评委工作，保障相关事宜顺利进行。

新一轮县级课题申请中，援疆教师积极参与，或作为主持人带领当地教师思索教育教学真问题，或指导教研组完成相应课题的申请。最终援疆教师中4位主持、5位参与指导的共19项课题获泽普县教育局立项，一项获喀什地区立项，一项获自治区立项。援疆教师参与各课题的全程指导，在开题活动、中期验证中进行理论指导，协助资料整理和文本撰写，目前各项课题已按计划完成结题工作。

四、勤于指导，注重师生共同成长

加强当地师资队伍建设是援疆团队最重要的使命。在顾向东校长牵头下，泽普五中制定新一轮的三年发展规划，每位教师也根据自己的基础和发展意愿制定个人三年发展规划。援疆教师分别与五中5位管理岗教师、22位青年教师进行师徒结对，共开展活动281次，在教育教学的过程中良性互动，促进当地教师发展。

指导教师参加各类评优活动，数学老师赵迪在孙守思指导下获泽普县、喀什地区、自治区“说题比赛”一等奖；地理老师刘天海在尹信茂指导下获“微格课评比”泽普县一等奖、自治区一等奖；道德与法治老师赵娜在钟建军指导下获县级、喀什地区学科比赛一等奖；两人获地区“教学骨干”称号，三人获地区“教学新秀”奖。

孙守思老师指导学生参加泽普县“我和我的祖国”系列主题活动，获1项一等奖；参加闵行区“莘城杯”未来工程师邀请赛，获1项一等奖。周园老师指导学生参加泽普县“我和我的祖国”系列主题活动——中华传统文化展示活动，获2项二等奖，3项三等奖；参加闵行区第五届“莘中杯”中学生美术作品大赛，获得3项一等奖，5项二等奖，4项三等奖。

五、探索全面育人路径，护航学子身心健康

援疆团队精准分析，找准德育工作的发力点，制定五中德育的目标和思路，紧紧围绕校风“知行合一，明德求真”和校训“格物致知，止于至善”开展德育工作，外塑学生良好的精神风貌，内蕴中华国学精髓涵养，以中学生日常行为规范为根本，针对泽普五中的学生实际，基于学生年龄最近发展区，以“成长、成才、成功”德育思路为引领，分层次，分阶段，

分重点系统化开展德育工作。

重点抓学生行为习惯方面的教育，完成泽普五中分年级思政工作规划、制定《泽普五中学生惩戒条例》，培养学生良好的行为习惯，让班主任增加了德育工作的工具箱，发起组建校园电视台并培养了一批优秀的学生主持人，为学生打造更多施展才华的平台，发展学生个性特长，培养学生良好的品质素养。

建设泽普五中民族团结生态园，精心设计“九同”育人内容，即：国语同学、资源同享、科研同步、节日同庆、就餐同桌、就寝同舍、校园同护、困难同度、万里同课，策划组织学校参与闵行区“浦江二中杯”防震减灾知识竞赛活动并取得优良成绩，开设主题团课“爱心接力行学史助成长”激励五中团员学史明志；当好促进民族团结的“先锋队”，架好沪疆两地群众的“连心桥”；新冠疫情隔离期间，开设网上心理辅导课程。通过探索实践“九同”育人载体，有效加强了各族师生交往交流，为团结稳疆、文化润疆作出了贡献。

以“真情在新疆，爱心到永远”闵行学校爱心捐助和“援疆教师与民族同学结对”活动为载体，促进“民族团结一家亲”和“三进两联一交友”活动，让援疆教师与新疆师生的关系更加融洽。

六、闵泽联动，多方协同助力成长

援疆团队利用网络技术，加强闵行和泽普的互动，将闵行教育智慧更好地辐射到泽普当地，并形成“万里同课、万里同研、万里同乐”的闵泽两地联动机制和平台。李彦泠、钟建军、张志民先后开设两地研讨课，徐秋实组织开展网络联合教研；张志民、陈迎峰等利用暑假设计和实施云上科普课程；陈迎峰组织五中学生参加地区禁毒宣传活动比赛，并制作县级视频2个；组织闵泽两地部分师生参与闵行区诗朗诵视频拍摄和制作。

协调后方资源开展爱心帮扶，联系闵行爱心人士与十名学生结对，每学期开展爱心帮扶活动；开展情暖闵泽助力成长活动，为五中优秀学子捐赠自行车；先后组织10次捐赠活动，向五中教师、学生捐赠教学、生活资源合计资金200余万元。

泽普五中援疆支教小组的工作得到了五中领导、师生的广泛认可。团队站稳课堂一线，利用听评课、主题讲座、公开课等多种形式，夯实了教育教学示范的坚实基础，为留下一支带不走的骨干教师队伍而不懈努力。

智慧传递　共同发展

——闵行援疆教师泽普二小组工作回眸

张孝泉[①]

自2020年4月22日踏上援疆支教之路以来，在团队的领导及全体组员的配合支持下，我们圆满完成了各项援疆支教任务，给受援学校和援派学校呈交了一份满意的答卷。

一、加强团队管理，确保安全稳定，为完成援疆支教任务奠定基础

加强学习，了解新疆情况。初到泽普，团队组织了全员学习，开设了培训讲座，包括新疆的历史沿革、社会现状，以及在疆工作期间的生活安全纪律规定。通过学习，大家对新疆暴恐事件及民族分裂势力的由来和造成的危害有了较为深刻的认识，对在疆工作期间实行严格的安全纪律管理有了充分的理解和支持，并能自觉地遵守和执行。

加强管理，落实纪律安全要求。在日常生活、工作中，小组严格执行团队的管理要求，实行每天打卡考勤制度、外出请销假制度，组员自觉遵守政治纪律。

健全制度，及时布置工作及通报相关情况。在泽普工作期间，二小组健全了会议制度和相关事项的通报协调制度。我们一般每个月开一次小组

① 张孝泉，上海市闵行区教育督导室专职督学，2020年3月至2022年1月在新疆喀什地区泽普县开展教育援疆，担任闵行援疆教师泽普二小组组长，兼泽普县教育督导室督学。

会，共召开了16次小组会议，回顾总结前期工作，布置落实后续工作。对一些临时性的工作布置和安排，及时向组员通报，及时调整和布置好相关的工作和要求。

二、组织开展基于课堂教学改进的智慧传递活动，提升课堂教学质量

（1）二小组在支教工作一开始就制订了一年半三个阶段的基于学校教学改进的智慧传递系列活动工作计划，包括“学校管理”“教研组建设”“教师专业发展”“教科研工作”和“信息技术与宣传工作”五个方面的工作计划安排，每个学期我们都按照计划安排完成相应的工作。以系列讲座、教学研讨、骨干培训、师徒结对、课题研究等方式，完善学校教学管理制度，推进课堂教学改进和教研活动常态化，提高教师课堂教学和教研活动的有效性，形成无痕化教研和专题性教研的有机结合。

（2）援疆支教教师共带教34位二小的教师，指导徒弟教师磨课、上课和课题研究。

（3）援疆支教教师共承担11个小课题研究，并完成了中期小结和结题工作，其间还根据课题研究需要开展系列教学研讨活动，如匡肖祺老师的《小学数学实验型研究》课题研究，多次组织教学研讨活动，检验研究效果。

（4）援疆支教教师共开设28节公开课研讨课，其中县级6节，与赛力乡、依玛乡联合教研活动研讨课5节，网络直播课7节。这些研讨课注重教学相长，师生有效互动，关注学习方法的指导，较好地体现了以学生为主体，培养学生学习能力的教学理念。

（5）开设了9个社团活动，努力培养学生的兴趣爱好，促进学生的个性发展。由于受到新冠疫情影响，活动开展的连续性在前期受到了一定的影响，但从第二学期开始，社团活动就能比较正常地开展。9个社团分别是书法（亢斯佳）、英语合唱（唐丽琼）、艺术剪纸（金彩霞）、棒垒球（俞宗

琦）、乒乓（金慧超、李卫兵）、绘本阅读（江南珺）、scratch编程（王飞）、STEM（朱佳玮）、纸艺活动（匡肖祺）。其中杭斯佳指导的书法社团、俞宗琦指导的棒垒球社团在2021年5月24日团队展示汇报活动中向两地领导和老师作汇报展示。

（6）组织了15次专题教研活动，其中语文组组织了“品味词句，体会情感”“智慧传递，教学相长”“期末复习计划制订”等专题教研活动；数学组组织了“精细练习设计促进复习有效性”“基于思维起点，关注本真问题”等专题教研活动；英语组开展了“音标教学”等专题教研活动。我们还组织了三场远程教研活动，包括信息技术课、语文课和与外教联合教研等。这些教研活动的开展有助于帮助二小教师了解专题教研活动的组织、内容安排、活动形式，提升教研活动的质量。

（7）开设了28个培训讲座，主要是学科教学内容与方法，教学理念与实践等方面的培训，帮助当地教师拓宽视野，提升学科教学能力。

（8）参与“学科课堂教学”评比评审工作。张学群、武蓉、匡肖祺、唐丽琼老师分别担任县道德与法制、科学、英语等学科教学参赛课的评审教师。张学群、武蓉、杭斯佳组成了语文、道德与法治学科的小学教师资格评审小组，完成了19位老师教师资格的评审。匡肖祺老师参与了数学学科教师资格的评审工作。俞宗琦、唐丽琼老师参加了常识组学科教师资格评审工作。

整体而言，支教教师教学质量稳中有升，其中匡肖祺老师所在班级的数学成绩名列县和地区前茅。

三、线上教学，停课不停学

2020年10月，新疆维吾尔自治区喀什地区再次出现新冠疫情，为了确保学生安全，各中小学暂时停课。根据当地教育部门提出的“停课不停学”教学要求，泽普二小援疆支教的13位教师立即投入到网上教学工作中。语文、数学、英语、体育、道法、信息等学科老师每天都要上2—3节网课，并要完成网上作业批改任务。

小学组在开始网络教学之前做好了充分的准备，大家先自行建立一个模拟教室，熟悉网上授课的操作流程；然后通过学校备课组的视频会议，了解各学科的教学要求，制定可行的教学方案，确保教学有序有效；最后为了检测作业完成情况和线上辅导的效果，各科任老师在线布置作业，利用平台发布学生学习情况，在线检测学生学习效果。

援疆支教老师的网课准备充分，直观形象，受到家长、学生和学校的好评。上海《东方教育时报》对江南珺、李卫兵、金慧超等老师的网课情况作了报道。

四、其他工作

协助二小做好大型活动的策划和组织工作。2020年10月县少先队“建队日”活动，2021年4月26日“童心向党话传承，共讲同绘复兴路”沪喀学生“课本中的红色故事”系列活动等，援疆团队倾力支持，使各项活动圆满完成。

2020年11月完成匡肖祺老师入党转正工作，2021年5月启动朱佳玮老师入党积极分子考察工作。

捐资助学工作。2020年下半年至2021年上半年落实援疆资金235万元（政府项目），颛桥小学、昆阳小学、康城实验学校、文来外小、华坪小学、航华二小、实验小学等学校为二小捐赠了图书、社团活动器材和资金，合计8.75万元，解决了二小办学的部分困难。

认真完成团队、学校相关活动的拍摄和宣传等工作，包括领导慰问、学校活动、专项督导等，王飞、朱佳玮老师完成了很多拍摄、整理、微信公众号的版面设计及宣传等工作，武蓉老师完成了多篇宣传报道的撰写工作。

用智慧与热情援疆支教

——闵行援疆教师泽普二中组工作总结

乔　敏[①]

一、泽普二中组基本情况

本小组共有9名成员，来自闵行区八所学校，党支部书记、组长为乔敏（上海市西南工程学校党总支书记兼副校长），副组长为李麟（闵行区社区学院党政办副主任）。团队秉承“智慧传递，共同发展”闵行援疆支教精神，坚持“用智慧与热情援疆支教”的小组工作理念，扎实推进基于师徒结对下高效课堂实践的工作特色，推进“六个一”师徒结对工作，开展示范课、汇报课、课题研究、定期学习、规范命题、阶段小结，确立16个县区级课题、1项国家级课题子课题，推进学教研训一体化校本研修，积极开展有效德育活动，指导管理团队建设，编印两套校本教材和两套文化读本，始终坚持党建引领，比学赶超，形成一个团结互助战斗力强的团队。

二、推进高效课堂建设

课堂教学是教育教学的主阵地，课堂学习目标是一节课的灵魂。以核心素养为导向的学科教学强调培养学生获取知识的能力、社会综合实践能

① 乔敏，上海市西南工程学校党总支书记兼副校长，2020年3月至2021年6月在新疆喀什地区泽普县第二中学开展教育援疆，担任闵行援疆教师泽普二中组组长，兼泽普二中副校长。

力和人文素养。闵行援疆支教泽普二中组进入学校后，发现二中教师的工作干劲十足，但教育理念相对落后，教师工作“5+2”“白加黑”，教育教学效率不够高，学生学习兴趣也不高，学习效果也相对较低。援疆小组全体老师在组长乔敏书记的带领下，基于泽普二中现状，结合上海成功的课堂教学经验，与受援学校领导沟通达成共识，制订工作计划，实施基于核心素养下的高效课堂建设。援疆教师发挥各自的教学特长和优势，在各学科中带领当地的老师推动以高效课堂建设为核心的课堂教学改革。

一是采取理念引领。老师们开设讲座和开展培训，宣传学科核心素养和高效课堂成果。乔敏书记在全校范围内所做的泽普二中课堂教学现状与改革的专题讲座，为泽普二中的课堂教学改革拉开了序幕；援疆小组副组长李麟老师面向泽普二中全体教师，主讲信息技术助推学校发展的分享培训，启发大家大胆尝试信息技术，大力提高课堂教学；蒋云鹏老师在数学教研组内，开展了关于几何画板的技术系列培训；英语教研组刘建平老师做了关于高考高效复习策略的专题讲座；李演老师和蒋云鹏老师分别为青年教师和骨干教师做了如何命题的专题讲座；方学明老师做了如何提高高效课堂有效性的专题讲座；曾庆蕾老师就班主任班级建设、培养学生非智力因素等课题进行培训；林玲老师就如何提高学生学习兴趣进行辅导；陈琼老师为教师做了高效课堂架构再思考的专题讲座等。通过各类讲座和培训转变了受援学校老师的教育理念。

二是开展听课评课。充分肯定受援学校老师好的做法和经验，同时明确指出，仍然存在课堂教学中教师主导和学生主体体现得不足，课堂上教师一讲到底现象突出，学科核心素养没有体现，学生学习被动，积极性主动性不高，学生素养培养不够等问题。

三是开展有效教研。利用教研组备课组活动机会，就高效课堂建设进行大力宣传和学习，就如何有效开展集体备课展开实践研究，目前初步形成了一套适合泽普二中的集体备课方式。教研活动立足学校，加强课标和教材研读、教学内容、教学目标、课堂提问、课堂活动、课堂练习、课后作业等方面的研究。同时还开展远程教研，实现闵泽两地“万里同课，万里同研”。

四是开展课例研究。泽普二中小组老师们开设了研讨示范课，不仅展现了上海教师专业素养和教学能力，也为泽普二中的课堂教学改革推进助力；参与高级教师和青年教师评比课，以及英语、化学、生物、政治等学科的探索实践课；在带教徒弟的说课比赛和汇报课上，通过合作、体验、互动、展示、自主学习等有效探究，提高了学生学习兴趣。由于援疆教师所带班成绩保持领先，提增了受援学校进行课堂改革的信心。

五是利用科研引领。援疆教师把学校学科教学存在的问题，确立为科研课题。学校2020年确立了16项课题，如“初高中英语教学衔接”“高中英语词汇有效教学”等。在援疆老师的带领下，高一英语备课组和高二英语备课组通过一年努力编印了《英语初高中衔接》《高中词汇导学通》两本校本教材。同时还开展命题研究，通过开设讲座和培训，援疆教师指导大家科学规范命题和分层有效命题。

总之，泽普二中组老师推进的高效课堂教学系列活动，既有理论引领，又有案例支撑，不仅体现了新课程改革的标准要求，而且结合了泽普二中学生实际的情况，既得到了学校领导的支持，又得到了受援教师的认同。通过课堂教学改革，学生的学习积极性和主体性得到了体现，课堂教学改革得到了意想不到的良好效果。

三、推行“六个一”工作机制

1.机制内涵

根据老师特长及受援学校实际，援疆团队推行了“六个一”师徒结对工作机制，即每周师徒各上一节课，每周师徒各听一节课，每月组织一次学习，每学期出一份考试卷，师徒确定一个小课题，每学期总结汇报一次。其目标是打造一支素质高、能力强、有理想、爱学生的师资队伍。

2.主要工作

泽普二中组援疆老师每周为徒弟精心准备示范课，坚持每周进徒弟的课堂，全程听课并及时进行评课，师徒之间彼此沟通，交流观课听课心得，师父指出徒弟在备课、上课、课堂练习、师生互动、作业布置、信息技术应用等方面的成功和不足之处，同时积极鼓励徒弟们积极参与校级说课比赛和课堂教学大赛，参与地区和县级课堂比赛；指导徒弟开展小课题的研究工作，包括如何申报课题、如何撰写课题立项书、如何推进课题研究、如何写中期汇报、如何调整研究、如何撰写结题报告、如何总结研究成果等，形成了一个比较完整的教科研过程。师父开设讲座谈如何命一份高质量的试卷，加强命题指导，测试结束以后对试题进行全面的分析和评价；坚持做好阶段性总结，总结、反思相结合，让徒弟明确研究方向，理解坚守的意义，总结的重要。

3.主要成效

在科研方面，陈琼老师带领的高一英语备课组成员编写完成了《英语初高中衔接》教材，在泽普县一中、二中、七中全部高中学校中使用。曾庆蕾老师所带的高二备课组编写完成了《高中词汇导学通》，在高一高二年级使用。小课题确立了8个县级课题，其中一项为自治区课题，一项为国家课题子课题。在教研方面，援疆小组坚持以教为主，以研促教，师父承担了中层管理岗位和教育管理岗位，在教务处、教研室、教研组指导教学管理，如在英语教研组开展积极有效的教研实践研究。在队伍建设方面，无论是徒弟的成长进步，还是校本教材的编写，都展示了援疆教师们成功带教的显性成果，也凸显了新疆当地教师发展的隐性成果，在县“课程教学专项督导”中，优秀课达到了70%。

四、开展学党史比学赶超

援疆工作是一项十分重要的政治任务，为此援疆小组始终把党建引领放在首位，坚持讲政治，政治上思想上行动上与党中央保持高度一致，增强“四个意识”、坚定“四个自信”、做到“两个维护”。在本次援疆工作中，我们做好新冠疫情防控，坚持发扬顾全大局的担当精神、不畏艰险的吃苦精神、逆行而上的奉献精神、万众一心的凝聚精神、关爱生命的人文精神、充满信心的乐观精神。2021年恰逢中国共产党成立100周年，党中央号召学党史，守初心，立标杆，通过比学赶超拓展格局，提升境界，把握重点，奋力跨越，主动作为，增长优势，铆足比的劲头，增强学的主动，激发干的动力，强化超的追求，以圆满完成援疆工作任务为目标。

学党史、新中国史、改革开放史、社会主义发展史、中华民族发展史，组织学习《中国共产党简史》《习近平新时代中国特色社会主义思想学习问答》《论中国共产党历史》《毛泽东邓小平江泽民胡锦涛关于中国共产党历史论述摘编》，以先进为范，对标先进，组织学习“全国最美村官”和十三团先进事迹，履职尽责，发挥智慧才能。党员老师始终将教育教学放在首位。敢想敢干，让优势更优，强项更强，课堂教学质量保持领先。积极探索高效课堂建设和有效教研，完成“六个一”工作目标。党员干部带头学带头干做表率，不断增强政治判断力、政治领悟力和政治执行力。人人加强政治意识、安全意识、责任意识，严格遵守各项安全要求，遵纪守法，力争做到政治安全和人身安全。

结合校情补短板 发挥特长促成长

——闵行援疆教师泽普三中组工作总结

张建忠[①]

加快新疆喀什地区基础教育师资队伍建设，稳步提升基础教育质量，为区域社会稳定、经济发展提供源源不断的动能是上海援疆重要任务之一。打造一支“带不走的优秀教师队伍”，实现由输血到造血的转变是教育部“万名援藏援疆支教计划”的核心目标。带着这个初心和使命，2020年4月22日9名援疆支教教师受闵行教育的重托作为第二批援疆团队来到泽普三中开展支教工作。到校后我们与三中领导班子一起认真研究了援疆支教工作的任务和目标，在全面调研师资队伍、学生的学情的基础上，我们基本厘清了受援学校需求，也为援疆支教核心任务的落实找到了着力点。根据9位援疆教师的学科和个人专业特长，我们制定了“因情施策的三六九”援疆工作方略。历时一年半的不懈努力，为泽普三中教育质量提高和教师队伍专业能力提升发挥了应有的作用。

一、援疆工作亮点

泽普三中援疆团队进入学校后，本着“学校所需、团队所能”的原则，在学校的支持下，对学校管理、师资队伍建设、课程建设、课堂教学、德育工作、后方援助等各方面进行初期调研后，充分发挥团队教育教学各方

① 张建忠，上海市罗阳中学党支部书记，2020年3月至2021年6月在新疆喀什地区泽普县第三中学开展教育援疆，担任闵行援疆教师泽普三中组组长，兼泽普三中副校长。

面专业优势，确定了本轮援疆工作的总策略，即：“三六九”助力，构建三中发展基石。

1.三个特色项目，提升素养，助推德育

（1）“石画”特色项目。美术老师王德文主持的叶尔羌河石画工作室用取材于地方的教育教学资源，依托“以德育为核心，以创新精神和实践能力为重点”的理念，创设和实施叶尔羌河石画特色拓展课程，培养学校的美育专业教学队伍，“育美以德”，满足学生个性发展的需要，熏陶学生的艺术气质，培养学生爱国主义情怀。

（2）“太极拳”特色项目。体育老师石春雷开发并实施了“太极拳社团”课程，其课程的意义在于发扬中华民族传统武术，强健学生体魄，锻炼学生坚强意志，凝聚民族精神，培养学生的团队精神和合作意识。

（3）班主任工作室。泽普三中班主任工作室在专家引领、核心团队的运作下，培养了一批有组织管理能力、实践操作能力、思想教育能力、创新学习能力的班主任工作队伍，带动和促进学校德育管理工作，有利于德育队伍的专业引领、实践探索、共同发展。

2.六个研判课题，科研引领，助师成长

本着学校科研工作薄弱，教学发展无抓手的现状，援疆教师积极开展学科教学调研，助推学校科研工作的开展。经过研判，在语文、英语、数学、美术、体育5个学科确立六项课题，泽普三中32名教师参与其中，发挥学校骨干教师的作用，推动青年教师发展。

3.和而不同，齐心共绎惠风和畅

泽普三中援疆组9名教师，从事8个学科教学工作，在张建忠书记的带领下，发挥各自专业优势，根据学校的教学工作需求，分别在教师层面、学生层面开展专题、主题讲座20余次，开设校内公开课、带教课50余节，初中教育联盟课8节，听评课百余节，每周定时参加各科教研活动。

在助推学校教育工作的同时，关注学校教学基础环境的建设、关心学生学习和生活，团队共为学校筹集捐赠款项近80万元，为改造学校多功能厅，添置学生学习生活用品、教师教学用具、学校社团活动服装等提供帮助和支持。

二、援疆教师典型事例

1.刘民——才华出众、智慧传递

刘民老师从事过高校、高中、初中多学段的教育教学工作，积累了丰富的教育经验，为泽普三中及初中教育联盟校的教师开设提升信息化素养的讲座，并引领受援学校课题研究，指导教师课题立项、开题报告及做课题的相关方法；被泽普县教育局聘为“教育教学研究评审委员会评审专家”开展课题评审工作；积极为泽普三中教学改进工作发挥专业优势，采用大数据分析，形成分析报告，从而提升教师课堂教育教学质量；在新冠疫情下的网课教学中，提出并策划指导教研活动，提升网课教学质量；积极推进和帮助三中、四中改进信息化项目。

2.张增华——老当益壮、立德树人

新冠疫情期间，资深思政课援疆高级教师张增华主动请缨，与泽普三中教师共克时艰，第一时间作出响应，停课不停学，停课不停教，率先垂范，连续数周，兢兢业业，线下转线上，示范引领，推出了校级道德与法治公开网课。他践行援疆初心使命，引领着学校道德与法治教师的成长，体现了一名共产党员的名师风采；为初中教育联盟开设了《思政课程与课程思政》主题讲座，为泽普四中开设了《把思想政治教育融入各门课程教学活动之中》，阐述了“什么是课程思政？为什么要推行课程思政化？怎样推进课程的思政化？”三大问题，深入浅出，剖析透彻，实施路径具有可操作性，为学校形成“门门课程有思政，教师人人抓德育”的浓厚育人氛围提供了有力的抓手；精心指导图尔荪阿依·巴拉提参加2020年泽普县初中“道德与法治”教师课堂教学比赛，并荣获二等奖。

3.马海涛——用心育德、成德于行

数学教师、闵行区金牌班主任马海涛老师，在承担学校数学教学及带教工作之外，发挥自身德育工作的丰富经验，在教师层面以“班主任工作室”作为基地，培养德育工作学员，向学校及初中教育联盟辐射，在学生层面，以“红色宣讲团”为抓手，培养学生骨干，提升学生综合素养，并筹集捐赠，为课程购置配套教具及相关设备。

积极开展学校班主任工作情况的调研，开设初中教育联盟主题班会示范课。为推进汉语言，定期进行国旗下“讲好新疆故事”“我爱我的祖国”“身边的榜样”等主题宣讲。各项德育活动的展开，推进了学校德育工作。

4.欧阳玲——温文尔雅、良师益友

欧阳玲老师担任语文教学工作，带教2个徒弟，把上海先进的教育教学理念和教学方法传授给新的同事们，有利于教师从学习习惯和学习方法上促进学生的成长。上课之余，他坚持听课评课，开设了中考现代文阅读、议论文和说明文阅读、写作讲座，代表三中组以诗朗诵《你们我们东海昆仑》参加了闵行区主办的“万众爱心颂声云聚”市民诵读活动，开展县级小课题“初中语文项目化教学提升学生阅读能力的探索与实践”的实践研究。2020年10月底，新冠疫情突如其来，欧阳玲老师在第一周承担了七年级18个班级的语文授课任务，在直播设备的运用、教材内容的处理、教学过程的合理设计及有效实施等方面率先示范，起到了很好的引领作用。其间，她还开设了一节面向全校的公开课《狼》。据此教学过程，她撰写了论文《初中语文线上课堂的实践探索——以泽普三中“战疫情”教学为例》。欧阳玲老师的语文课深受学生的喜欢。

5.秦兆艳——课题引领、深耕课堂

秦兆艳老师积极开展业务培训和教学指导，组织数学教研活动，提升数学教育教学管理水平，充分发挥了骨干教师示范和辐射引领作用。她在泽普三中担任数学教研副组长，任教七年级数学教学，积极参加备课组与教研组活动，积极开展听课磨课评课活动；带教2名青年教师；开设了“中考数学考前交流”讲座；撰写了心得体会类文章，参与“组团式教育援疆闵行实践”课题研讨和研究实践，立项课题“G.波利亚怎样解题表在提升初中学生数学解题能力应用中的探索与实践”；积极联络所在的莘松中学，捐赠移动投影仪和打印机等教学设备及学生用物资，努力为泽普三中解决困难。

6. 方春英——导师引领、钻研创新

方春英老师充分利用后方学校闵行区教育学院附属友爱实验中学的资源，积极开展线上英语教研活动，其中“闵泽教研手牵手，线上线下相融合”的教研活动开启了泽普三中历史性的新篇章。她指导徒弟张婷参加泽普县“英语教师”课堂比赛，并获二等奖；带领教研组老师们申报自治区英语论文比赛，她自己的2篇论文获得自治区二等奖、三等奖，她和徒弟共同撰写的2篇论文获得自治区二等奖、三等奖，另外3位老师分别获得二等奖、三等奖。

7. 王德文——兢兢业业、以美育人

“叶尔羌河石画”工作室的成立，就是王德文老师充分利用地方资源、开发教学资源、拓展教学空间的体现。通过石画载体，将鲜明的地方特色注入美术教学活动中，比如红色文化主题、上海风情主题、丝路风情主题作品系列，表现优秀的地方和中华艺术。王德文老师带领泽普三中师生进行创作，他的作品被泽普青少年实践中心收藏。同时，他指导的“我和我的祖国”系列主题作品在中华传统文化展示活动中得奖，与闵行学校联合开展的书画比赛中，指导的学生也获得多个奖项。

8. 石春雷——强身健体、弘扬传统

石春雷老师担任七年级4个班的体育教学任务，他认真备课、上课，加强课堂常规管理，教学中渗透爱国主义和民族一家亲教育并积极关爱学生；开展县级科研课题“泽普三中武术进校园体育教育小课题”，并按课题要求，使武术进校园体育教育小课题与拓展课稳步推进；积极开展师徒带教活动，进行“武术进校园”课题内容实践部分全员培训，并就课题规程进行教学与课题研讨活动，收到较好的教学研究效果。在2021年5月24日闵行区组团式援疆支教“智慧传递共同发展”展示活动外场中，石春雷老师指导的太极拳表演得到大家的一致好评。

9 张建忠——不忘初心、殚精竭虑

张建忠作为闵行援疆教师临时党支部副书记，同时也担任闵行援疆团队66人的驻地总负责、泽普三中援疆团队组长、泽普三中副校长，多重的管理岗位压在两届“万人援疆”元老肩上。他凭借丰富的援疆经历，坚守援疆初心，在组内，充分发挥和调动组员的优势与特色，策划组织和实施支教工作各项活动，为援疆教师开展工作协调各方、搭建平台，引领泽普三中教育教学工作的发展；在组外，承担闵行援疆教师及驻地的各项工作，为教师吃、住、行、医等各方面提供细心而到位的支持，即使连续一个月的身体不适，也未耽误一天为援友服务的工作。

了解到泽普三中的教育教学环境较薄弱时，他积极向后方联系捐赠。第一笔16万元捐赠解决了学校用度频繁的教育教学场所——校多功能厅的改造，推动了教育教学工作的发展。第二笔20万元用于学生社团活动及学校大型活动的开展，提高了教师、学生活动的质量和效果。

一转眼一年半的援疆支教即将过去，闵行援疆教师团队将牢记援疆使命、不忘支教初心，守牢团队“政治安全”“人身安全”两条底线，彰显教育教学特色。泽普三中充满正能量的气息和蕴藏的发展潜力感染着每位援疆教师，鼓舞和鞭策着我们为打造闵行教育援疆新品牌而继续努力奋斗！

团结 奋进 高效

——闵行援疆教师泽普四中组工作总结

黄保龙①

在闵行教育局的坚强领导下，在闵行援疆分指和第二批教育援疆团队的指导帮助下，依托后方学校的支援，泽普四中援疆小组充分发挥援疆9位老师专业优势，团结协作，奋发有为，为泽普四中发展做出了我们的努力和贡献。一年多来，泽普四中在学校管理、教育教学水平等方面有了明显进步，得到了上级领导和学校师生的表扬和认可。泽普四中援疆小组参与并见证了学校的发展和进步，较好地发挥了我们闵教援疆人的示范引领作用。

一、打造援疆团队，增强战斗力

2020年1月13日，闵行区教育局召开新一轮援疆第一次领导小组会议，确定了小组成员名单，当时小组成员一共15名。要把不同学校、不同学科、不同年龄、不同追求的一群人捏成一团，形成战斗力，这是我们首先要思考的问题，也是我们援疆工作成败的关键。

到泽普之后，重新调整了小组成员，明确我们小组一共9名成员到泽普四中开展援疆工作。在第一次小组会议上，我们就提出要将泽普四中组打造成一支团结、奋进、高效小团队的目标。团结是基础，奋进是状态，高

① 黄保龙，上海市航华中学副校长，2020年3月至2021年6月在新疆喀什地区泽普县第四中学开展教育援疆，担任闵行援疆教师泽普四中组组长，兼泽普四中副校长。

效是追求。

援疆小组建立周例会制度，定期进行政治学习和业务交流。同时，不断加强小组凝聚力建设，关心关爱小组每一位成员，为老师庆祝生日，陪生病老师上医院治疗，帮老师解决个人或家庭困难，定期组织集体活动等。小组9位援疆老师不忘初心，积极作为，一支团结、奋进、高效的援疆小团队已经形成，为出色完成援疆任务奠定坚实基础。

二、制订援疆计划，明确奋斗目标

由于新冠疫情原因，到达泽普的时间比计划整整晚了两个月。为把疫情耽误的时间夺回来，隔离一结束，团队马上进入受援学校，尽快熟悉环境，尽可能全面了解受援学校。在此基础上，本着学校所需、我们所能的原则制订了为期一年半的援疆计划，着重在学校管理、队伍建设、课堂教学、德育管理、课题研究、特色打造、捐资助学七个方面为泽普四中的发展助力。这份计划为泽普四中援疆小组圆满完成任务提供了可能。在大家的共同努力下，虽然受疫情影响，但各项工作都顺利开展，达到甚至超过了预期的效果！

三、转变观念，提升管理效能

1.建立精细化管理思想

由于种种原因，学校管理比较粗放，工作安排也比较随意。以前，泽普四中每周工作安排基本没有，以至于教务处、政教处等部门在工作安排上经常有交叉，进而产生内耗，造成工作效能低下。为此，援疆小组利用学校党政联席会、教职工大会等渠道，不断强调工作要有前瞻性、计划性，学校不但每周要有工作安排表，而且要在党政联席会上讨论通过，同时，要有以不变应万变的工作策略。目前，部门间工作效率明显提高了。

2.建立良好的合作感情

为了圆满完成援疆任务，团队积极主动和学校主要领导建立良好的合作关系。大家相互尊重，相互了解，相互帮助。经过一年多的接触，我们和四中原党支部书记夏璐同志成了无话不谈的朋友，当泽普县委调他到县一中担任书记的时候，大家都依依不舍。四中买买提明校长到上海培训时，我们多次邀请他到学校参观访问。当买买提明校长回到泽普，非常有感触地说："我到上海培训三个月，带回来的不仅仅是知识，还有满满的情感。"所以，在建立良好的友谊之后，我们的援疆工作就非常好开展，很多工作都能够超预期完成。

3.建设两支关键队伍

学校的发展取决于两支关键团队，一是中层干部队伍，另一支是青年教师队伍。鉴于学校青年教师众多，教师岗位变动频繁，新入职教师"零基础"上岗，青年教师队伍建设没有方案、没有培训计划、没有激励机制，连带教师傅也不安排等实际情况，我们设计了《泽普四中青年教师培训方案》，9位援疆教师被聘为导师，授课内容包括职业规划、教学五环节、如何做班主任等。由于上课针对性比较强，学校领导把面对青年教师的培训扩展成了全校教师的培训，效果非常好。

针对学校中层干部整天忙于事务性工作，缺乏系统学习与提高的机会，而且存在青黄不接、业务不强、经验不足等情况，我们又设计了《泽普县部分中小学中层干部培训方案》。原来的培训对象主要为泽普四中中层干部，后因泽普县教育局要求改为面向全县7所学校，共有60位中层干部参加。由上海资深校长和援疆组长担任培训导师，通过视频远程和面授相结合的方式进行，授课内容包括如何打造团队、培养策划能力、赢在执行、学校文化建设、提升课程领导力等。这是泽普县开展的第一次提高中层干部的政治素养和业务能力、管理能力、执行能力的系列培训，为泽普留下了一支带不走的骨干队伍。

经过一年多的精诚合作，学校提升了管理效能，泽普四中的各方面工作已经呈现积极发展的良好势头。

四、规范+示范，提升教学质量

首先，不断健全教学常规制度，让每一位教师明确备课、上课、布置作业、辅导、考试等教学五环节的具体要求。其次，努力提高作业质量。学生不会做作业，不愿做作业，甚至抄作业，严重降低了作业质量。目前，作业低效问题得到明显改善。最后，加强课堂教学研究，提高课堂效率，提出将“聚焦课堂，提高效益”作为提升援疆教学工作的一项重要主线。

进入泽普四中第一学期，刘凤群、邹洁琼、郭超、宋丽四位教师首先为九年级毕业班教师开设讲座，传授多年辅导毕业班的经验。之后四位教师直接参与九年级培优教学，利用晚自习时间为学生进行集中辅导。新的学年，四人皆直接在九年级任教，身体力行，率先垂范指导教学。此外，每个援疆教师皆带徒弟，手把手进行指导。在援疆的三个学期中，每学期皆开设援疆教师主题公开课，新冠疫情期间及时进行线上教学公开课，同时充分运用资源连线邹洁琼所在的北桥中学开展沪泽两地联合教学研讨。其他四位教师梁红、潘洁、董佳洁、吕豪所任教班级的教学质量均有大幅度提升。组长黄保龙经常深入课堂，参与听课40多节，课后及时与任课教师分析得失。这些做法传播了先进的教学理念，为四中教师们树立了榜样。

第三学期，为促进青年教师进一步成长，活跃学校教研氛围，举办了青年教师暨援疆教师徒弟的课堂教学比武活动。全校一共有23名教师参加比赛，活动取得圆满成功，援疆团队还为获奖教师颁发了奖品。

五、牵线爱心助学，改善办学条件

泽普四中的办学条件比较薄弱，办公经费比较紧张，硬件设施比较破旧，这些都制约了学校的发展。同时，学校部分学生家境贫困，购买学习用具、校服都存在困难。为此，我们积极与后方学校、社会慈善人士联系，尽可能为学校添置一些急需物品，先后有上海市航华中学、上海师范大学康城实验学校、上海市闵行区浦江第一中学、上海市闵行区启智学校、上海市闵行区华漕学校、上海市师资培训中心附属闵行实验中学、上海市闵行区七宝二中、在线途游（北京）科技有限公司和上海慈善人士吴芳向泽普县第四中学共捐赠了价值19.1万元的资金、设备和图书。

六、弘扬传统文化，培育学校特色

为弘扬中华优秀传统文化，激发学生民族自豪感和爱国主义情感，提升学生人文素养，也为了进一步提升学校办学品质，促进学校特色项目发展。潘洁、吕豪两位老师充分发挥个人爱好和特长，分别开设“书法拓展课”和“武术操”两门特色课程。两个特色社团的学生在援疆教育团队的展示活动中，表现出色，获得好评。

七、开展课题研究，提升研究品质

援疆教师团队对学校教学情况进行调研后，积极参加教研组和备课组活动，并在教研活动中发挥主导作用，在形式上、内容上提出合理化建议。在此基础上，教研组、备课组设计学校研究主题并进行深入研究。如新冠疫情期间，援疆教师邹洁琼开设“垂直于弦的直径”网络示范课，着重在重组教材方面进行探索。在援疆教师策划引领下的主题教研，推动了教研组、备课组的建设，使学校的集体备课实现了集体智慧与个人特长的有机结合，提高了教学研究的品质。

泽普四中援疆小组在闵行区援疆支教团队总课题“党建引领‘组团式’教育援疆工作的实践研究”的引领下，积极开展高效课堂教学研究。5位援疆教师申请了县级研究课题，分别是董佳杰、吕豪的“新课标背景下初中学校体育特色课程开发与实践研究——以喀什地区泽普县第四中学为例”、邹洁琼的“初中数学课堂‘问题导学法’的实践应用”、梁红的“‘点滴式’习作训练在七、八年级语文教学中的实践研究”、郭超的“初中英语课堂中利用环境创设情境激发学生学习兴趣的实践研究”。

通过9位援疆教师和全体四中人的努力，泽普四中一年多来，在学校管理、教育教学水平等方面有了明显进步，教学成绩已从低谷中走了出来。在泽普县教育局和教育督导室开展的课程教学督导中，优秀课达到了60%，优良课达100%。

战斗在泽普四中的9位援疆教师把爱心、智慧献给了四中，献给了祖国边疆的教育事业！

注重党建引领团队　创造“比学赶超”氛围

——闵行援疆教师泽普六中组工作回顾

柴玉忠[①]

泽普六中援疆教师小组10人，来自上海市闵行区10所不同的学校，他们从不相识到结为兄弟姐妹，工作上比学赶超，生活上相互扶持，在柴玉忠书记和孔宪镔副书记的带领下，协同合作，精准发力，在团队管理、教育教学、师资培训、师徒帮带、文化建设、爱心捐助等方面都做出了不同凡响的业绩。

时间飞逝，转瞬间本期援疆支教已近尾声。一年半的相处，一年半的努力，一年半的交流，让大家有了诸多不舍，那些不舍的情怀、不舍的故事，带给人深深的感动！我们留不住岁月，但在流逝的岁月里沉淀了情感，在泽普生活、学习和工作的日日夜夜，彼此之间结下了深厚的友谊，和六中师生产生了大量的情感交集。

一、聚沙成塔

泽普六中援疆教师小组党支部组建后，一直引导大家思考：来疆为什么，在疆做什么，离疆留下什么？为此，党支部在第一学期就明确：从进校之日起，严要求、树形象、促交流，在支教中锤炼质量意识，打造一支优秀团队，在创新中树形象，在奉献中传佳话。

① 柴玉忠，闵行区青少年业余体育学校党支部书记，2020年3月至2021年6月在新疆喀什地区泽普县第六中学开展教育援疆，担任闵行援疆教师泽普六中组组长，兼泽普六中副校长。

（1）第一次参加学校升旗仪式，一定要展现良好的上海教师形象。升旗那天9：00到校，大家着正装、挂牌，佩戴党员徽章，整齐列队，彰显援疆教师团队风貌。挂牌背景是上海东方明珠塔和泽普金湖杨，挂牌的目的，一是让大家明确沪泽两地携手合作、友谊长久；二是展示上海援疆教师形象；三是亮牌明责，约束自己，强化责任。

（2）开设第一堂讲座，一定要不失上海教师的专业水准。第一周进课堂、深入备课组和教研组参加活动，就要展现上海教师的专业素养。全组共听课评课120节，完成10篇分析文章，形成了泽普六中教育教学情况反馈报告。在每个人做了一次高水平的交流发言后，黄东妮老师首开《如何听课评课》讲座，接着柴玉忠书记开设《创感教育之设计感在备课上课的运用》讲座，赢得了广泛赞誉。

（3）一定要指导青年教师上好一节课。数学组黄东妮、闫军两位老师，共同指导青年教师苏尔亚使用“几何画板”动画教学手段，上了一堂研讨课“不等式及其解集”，开了学校教师应用“几何画板”软件上课的先例，实现了“零”的突破。

（4）开展课题研究一定要率先垂范。2020年，泽普县教育局开展教育教学小课题申报和研究活动。共计有13项课题立项，民族教师参与率高达85%。柴玉忠书记以其领衔的《几何画板（5.x版）技术在泽普县初中数学教学中的应用与研究》为例，在全县做了开题报告示范。

二、登高望远

援疆支教小组充分发挥自身优势，多次开设公开课进行研讨，举办教师培训讲座。一场场报告讲座，丰富了师资建设内涵；一节节公开课，打开了六中教师视野，为改进教学模式、提高课堂教学效率提供了可资借鉴的实例。可谓是“教学精心设计，示范指导有力”。

（1）柴玉忠书记于2020年10月13日开设讲座《课堂教学的设计与思考》，激发教师改进课堂教学的设计意识。10月15日，柴玉忠被聘为泽普县首届数学骨干研修班导师，为泽普县打造一支骨干数学教师队伍。10月23日，泽普六中小课题开题报告会举行，柴玉忠、孔宪镔两位老师分别对学校的小课题研究做了点评。

（2）防疫、教学、培训三不误。2020年10月底，喀什地区突发新冠疫情，学校停课、师生居家工作学习。柴玉忠书记带领大家一起奋战，采用各种办法开设“空中课堂”，做到同步抗疫、同步学习，教学、师训不停步，线上教学按部就班，线上培训分期进行，为学校做好防疫期间的教学、师训工作作出了贡献。

泽普六中援疆小组教师在完成网上授课任务的基础上，每周五晚上在“钉钉”平台上开设“教师教育教学及科研能力提升系列讲座”，旨在提升教师专业素养和执教能力，使学校教科研氛围更浓厚。11月13日柴玉忠书记首开讲座《撰写教学案例的实践与思考》，全校127位教师在线收听并进行了互动。后续，柴书记和援疆教师继续开设师德师风、家校共育、知识技能、人文素养四大门类32场讲座。其中，黄立春老师精心准备的语文阅读讲座《沉浸文本——追求更高的品质阅读教学》受到与会者的高度评价。

三、更上层楼

2021年7月1日，是中国共产党建党100周年庆祝日。为贯彻上级党组织关于深入开展“比学赶超”活动的通知精神，泽普六中援疆教师小组党支部制订活动方案：开展“五个一活动”，组织县级示范课展示和远程教研活动，引领受援学校教师探索和改进课堂教学模式。

9位援疆教师相继开设了示范课并进行了专题研讨，给泽普县课堂教学改革提供了思路和模式。其中，许广杰老师开设县级公开课“排球”，成为泽普县第一个将信息技术运用到体育课教学的老师，为泽普县初中体育教学创立了可资借鉴的模式。截至2021年5月15日，泽普六中援疆教师共上了18节校级示范课、7节县级公开课，举行了两场远程教研活动，带教了多名徒弟，指导11名青年教师参加学校“新绿杯”汇报课比赛，获得好评。

一年来，该校教师有10人次分别获得县、地区、自治区级教学大赛等奖。其中柴玉忠书记的徒弟——杨丽容老师使用“几何画板”教学软件，在新疆维吾尔自治区国培计划学员教学大奖赛中获二等奖和喀什地区一等奖；徒弟阿迪莱·买买提艾力老师，在首届骨干教师研修班上展示使用“几何画板”软件教学“二次函数图像上的动点问题——求面积最值问题”一课，深受好评，体现了实验型数学动静结合的奥妙。孔宪镔老师指导徒弟张高飞在喀什地区历史学科教学技能大赛优质课大赛中获地区级二等奖，指导张高飞、王秀芳获说课、说题比赛县级二等奖；胡永斌老师带教徒弟况建伟的线上教科研案例“中小学体育与健康”获自治区二等奖；金海芹老师带教的徒弟向敬在2020年新疆英语教学案例评选活动中获自治区三等奖；孙爱丽老师带教的努尔赛尼在地理微格课教学展示、泽普县中小学自制教具评选中分别获县级三等奖、二等奖；徐涛老师指导刘美艳在自治区信息技术教学论文和教学录像课评比活动中获三等奖。在援疆教师临时党总支的组织下，学校开展了“学党史 办实事”演讲比赛，闫军老师、徐涛老师激情四射、力压群芳，收获一致好评。

2021年5月12日，黄东妮、孙爱丽两位老师积极与后方学校联系，通过“钉钉”平台进行远程教研互动。来自金汇高中的黄东妮老师主持了两校数学远程教研活动，从“优化集体备课”“网上作业的高效利用”“几何画板”软件等方面进行了介绍，这对提高泽普六中数学学科的教研能力产生了积极的意义。鹤北初中的孙爱丽老师与实验西校、鹤北初中地理教研组远程连线，针对初中生手绘创意地图进行了热烈探讨，并通过具体案例——读图分析中东地理位置的重要性和水资源缺乏的原因，培养学生读图能力和地理思维能力，引导学生树立合理利用生态资源、可持续发展的观念。

四、直下看山河

泽普六中援疆教师党支部注重党建引领，营造“比学赶超”氛围，攻坚克难，砥砺奋进，在学党史、悟思想、办实事、开新局中践行初心使命。

（1）按照上级党组织要求，柴玉忠书记带领援疆小组深入学习领会文件精神，以落实党建责任制为重点，积极号召援疆教师为泽普六中办实事，在推进受援学校教学改革、建设高效课堂上发挥引领作用，落实“传帮带制度”。

在学校举办的青年教师汇报课活动中，全体援疆教师不遗余力地指导青年教师，多次进行说课磨课，提高了青年教师的整体教学水平。在泽普六中青年教师汇报课总结表彰大会上，柴玉忠书记作了《课堂渗透思政、思政润泽课堂》的主旨报告。

（2）组织后方学校或爱心企业开展捐助活动。团队中先后有莘松中学、莘城学校、北京（在线）途游游戏有限公司、龙茗中学、闵行区少体校、金汇高中、吴泾中学、鹤北中学组织了爱心捐赠，极大地改善了学校办学条件。柴玉忠书记专门联系上海市书香门地集团有限公司、福建莆田三棵树家居装潢有限公司出资出力，为泽普六中和赛力乡中心小学捐赠地板、书籍、衣物等。

（3）2021年5月24日，在闵行援疆教师团队“智慧传递 展示风采”活动中，胡永斌老师指导的韵律操，金海芹老师指导的绢花制作，徐涛老师指导的科乐思模型制作，都给领导和嘉宾留下了非常深刻的印象，获得了好评。

一年半的努力和付出，援疆团队帮助学校创造了多项成果：第一次使用“几何画板”软件设计教学，带教徒弟在喀什地区和新疆维吾尔自治区教学大奖赛上连续获得一、二等奖；第一次开展了教育教学小课题研究活动；第一次组织了校级教育教学论文案例评选；孔宪镔老师组织学校语文教师和后方团队，共同创作了《泽普六中赋》，给学校文化建设和德育课程建了一座“宝库”；第一次组建了国语朗诵社团，推进国语教学；争分夺秒编写了《泽普六中“一廊一馆”建设方案》，为该校成功申请了专项建设资金；帮助泽普六中总结办学经验，提炼办学成果，让该校脱颖而出，成为喀什地区四个“影子校长培训”基地之一；学校首次获得2020年新疆维吾尔自治区“党建示范学校”、地区“民族团结优秀学校”……

泽普六中组援疆教师牢记使命，明确目标，忠诚履职，比干劲、学先进、赶效率、超自我，以最大热情、最大干劲完成了本期援疆支教任务，在自己的从教生涯中书写难以忘怀的篇章！教育援疆，我们牢记誓言、不辱使命；文化润疆，我们贡献智慧、润泽心灵！浮舟沧海，立马昆仑，不负韶华，使命必达！

上海闵行教育助力泽普职业教育弯道超车

佘瑞龙[①]

对口援疆是党中央、国务院为促进新疆发展、增进民族团结、维护边疆稳定的重大战略部署。上海市闵行区积极响应党的援疆政策，按照沪疆两地党委决策部署，坚持“民生为本、产业为重、规划为先、人才为要”工作方针，团结带领闵行全体援疆干部人才，肩扛使命，砥砺奋进，努力推进援疆各项工作取得丰硕成果。

上海闵行教育注重软实力、提高精准度、突出长效性，成为援疆工作的“领头羊”。闵行教育局党工委和泽普县委、县政府一起立足泽普实际，统筹发展泽普职业高中与泽普技工学校，实施职业教育师资共享、实训共享、课程共享项目，坚持整体规划与丰富培训功能、多内容培训与稳岗就业相结合原则，主动补齐培训、就业短板，着力提升学生就业技能，提高就业水平，推进当地培训、实训、就业工作。

一、创职教精准扶贫模式

为充分发挥援疆干部人才作用，闵行教育局与上海援疆指挥部泽普分指派佘瑞龙同志挂职泽普职业高中，任实职、担实责、干实事、出实效。佘瑞龙同志作为上海市第十批援疆干部、泽普职业高中副校长，负责职业

① 佘瑞龙，上海市西南工程学校课程部主任，2020年3月至2022年12月在新疆喀什地区泽普县职业高中开展教育援疆，担任泽普职业高中副校长。

教育专业建设、校企合作、实训室建设以及泽普分指部分宣传工作，重点负责泽普职业教育相关项目建设——泽普县就业和创业技工学校项目、职业学校国语加强和烹饪等专业项目。职业教育助力南疆脱贫攻坚，其中重要的一条措施是：通过专业对接泽普产业发展，进而带动学生就业，通过学生就业改善百姓民生，达到精准扶贫目标。这就是教育援疆的“职教一人、就业一人、脱贫一家”，打造泽普职业教育精准扶贫的新模式。

职教援疆是责任，也是使命。上海闵行教育的做法：一是集中优势资源进行专业群整合，提升泽普职教“软实力”。在原来对口帮扶——重基本设施、重改善办学条件的基础上，把上海职教专业和课程建设的好经验、师资建设的好方法引入泽普，用“特色专业教学设计大赛”来全面提升泽普职教的自我发展能力，用“闵泽智慧—职教大讲堂”来开阔师生视野。二是尽全力做好多维度职教援助工作，促进泽普职业教育办学水平的全面升级，即办有温度的职业教育，从而达到职业教育援疆的目标：可以带动就业，造福一方百姓，带动区域经济发展。同时全力斩断贫困的代际传播途径，不让一个泽普职教孩子因贫辍学，用有技能、有使命、有质量、有温度的职业教育助力泽普县家庭脱贫攻坚。

二、全力“战贫”发挥专业力量

2020年是脱贫攻坚决战、决胜之年，如何确保按期、高质量打赢脱贫攻坚收官之战、巩固脱贫成果并防止返贫？打赢脱贫攻坚战，“重在精准，成在‘造血式’扶贫”。要在精准扶贫上下功夫，对于职业教育必须扶到每一位学生，从而扶到每一个家庭。首先是对泽普贫困户建档立卡、精准识别、对症下药；同时在农产品扶贫、职教扶贫、电商扶贫等一系列“造血式”扶贫手段上下功夫，通过多种方式齐头并举，提升脱贫攻坚工作实效。其中“直播带货”就是帮助贫困地区、贫困户增收脱贫的一种有效扶贫方式，是社会力量参与脱贫攻坚的重要途径。泽普职高以“电商专业”为平台进行消费扶贫，以“电商创业”等为主要抓手，建立基于上海等地市场的产销对接长效机制，把泽普地区特色农产品做出品质和品牌，使以前的“应急消费”成长为基于全民日常需求的“富民产业”。

职业教育与社会经济发展联系非常紧密。闵行教育首先根据泽普产业发展方向，主动调整专业方向，走“精准技能”扶贫之路。通过果蔬花卉生产技术等新专业，培训职业学生和果农，在200亩果蔬花卉生产基地实施“师傅带徒弟”的现代学徒制模式；通过建筑装饰、农业机械使用与维护专业，实现产业精准对接，培养一批南疆乡村建筑施工的脱贫致富带头人；通过服装制作与生产管理、中餐烹饪与营养膳食等专业，引入企业实体，引进企业生产设备、生产线，实现专业教师与工程师合一、生产与教学合一，培训泽普技术工人；通过计算机应用（电子商务方向、平面设计方向）、美发与形象设计等专业，优先招录全县建档立卡贫困户适龄学生。实训基地与就业岗位双向对接，项目、课程、生产并举。通过“闵泽一家亲、创业创未来”主题活动，把创新、创业教育与脱贫攻坚融合，让闵泽学生结对创业，学生在竞赛中共同提高网络营销技能，推广线上线下新零售方式，发挥职教人的聪明智慧，销售泽普的优质苹果、核桃、红枣等农产品。

对口援疆是助力脱贫攻坚的重要力量，对职业教育来说就是保就业、促民生。上海援疆指挥部泽普分指先后到泽普工业园和“闽龙达”“杰品农业科技”“艾黎哈斯农业科技”“金胡杨药业”“四路果香”等20多家企业考察，并和这些企业达成战略协议，接收毕业生就业。

如何实现泽普经济结构调整、产业转型升级？解决的思路就是大力发展职业教育，打通产业链、创新链、人才链，这既是当务之急，也是长远之策。对接泽普产业、优化专业布局，是泽普职业教育不断深化供给侧结构性改革的主要内容。2020年以来，泽普职高增设果树花卉技术应用、人工智能技术服务等一批新专业，就是为服务泽普新经济发展需求设立的。

如今，在泽普现代农业、制造业、战略性新兴产业和现代服务业等领域，一线新增从业人员60%以上是职业高中毕业生，成为支撑中小企业聚集发展、区域产业转型升级和城镇化发展的主力军。2020年泽普职高毕业生就业率为98.0%，连续5年超过95%。近年来，职业教育在稳定和扩大就业，实现更高质量、更充分就业等方面的作用日益凸显。

三、用援疆项目助力职教

闵行教育局与上海援疆指挥部泽普分指充分利用援疆项目助力职教发展，2020年，设立上海援疆市级项目（2300万元）建设泽普县技工学校，紧紧围绕稳定、脱贫两大中心任务，坚持专业设置与产业需求、教学过程与生产过程、职业资格培训与职业资格提升相结合的原则，建设援疆技工学校实训楼项目，总建筑面积1万多平方米，分布在本部、政治学校和依玛乡。该项目于当年10月竣工，11月建成运营，开设6个系列技能培训、20多个专业，主要有汽车维修及养护、中式餐饮、服装加工等专业技能。截至目前，共培训4～5期，约5000人次，实现就业800人。

同年，上海设立市级援疆实训室建设项目（350万元），用于泽普县职业技术高中技能提升，立足专业设置与产业需求、教学过程与生产过程、职业资格培训与职业资格提升相结合的原则，分批次、分学制实现职业学生就业600多人。闵行区还投入10万元区级项目经费，用于泽普职高“文化长廊”建设。

2021年，闵泽两地教育部门积极参与上海援疆前方指挥部泽普分指规划职教项目，投入2561万元资金建设泽普县职业高中6000平方米以上综合实训楼及配套设施，拨款500万元为泽普县技工学校购置专业实训设备，投入1000万元用于人保局就业培训，投入120万元用于帮扶单位对口职业培训等。

四、办有温度的职业教育

除了项目建设外，闵泽两地教育联动，共同助力泽普职业教育“弯道超车”，区内的上海市群益职业技术学校、上海市西南工程学校分别对口帮扶泽普技工学校、泽普职业高中。

一是集中优势资源打造3个专业群整合，积极开展“智慧职教·闵泽大讲堂”活动。

二是根据泽普产业发展方向，调整专业设置方向，开展新手段促销活动。

三是助推泽普职业高中全面升级为中等职业学校，建立专业实训中心，实现泽普职业高中实训室管理标准化、产教融合精准化、专业素养可视化、技能培养成果化的目标。

四是成功申报高级酒店管理新专业，申报建设中餐烹饪专业实训室。

五、规划泽普职教发展

无论是“智慧职教·闵泽大讲堂”活动，还是“特色专业建设教学设计大赛”，都是在推动东西部职业教育深度融合，创新职教帮扶新模式。上海援疆指挥部泽普分指的同志们在“十四五”期间，努力将泽普职高打造成现代职业学校，规划综合实训1栋3层——又称“职教大厦”（泽普职教集团、1+X考证中心、学生事务中心、创新创业教育中心、产学研中心、就业服务中心等）；建成“智慧实训”2栋各2层，构建“互联网+实训”模式，满足6个专业的实训需求（理实一体实训教室、工业化装修、企业化管理等）。其作用有五个：一是对接产业，整合现有6个专业，打造专业群，参与国家级各级各类技能大赛；二是校舍升级改造，学校升级现代职业学校，逐步试点“3+2”教育，打通学历“天花板”；三是发挥专业优势，紧密联系当地特色林果业，帮助泽普乡镇开发脱贫致富项目；四是把泽普地区的技能培训任务抓实，让贫困劳动力掌握一项脱贫致富技能；五是夯实“东西职业教育”协作任务，加大上海援疆职业教育支持力度，探索创新南疆特色的职业教育扶贫模式，落实好“东西中职招生协作兜底行动”保障政策。

支教行万里　文化润南疆

杨　光①

教育援疆是国家援疆工作的重要组成部分。中央组织部、教育部于2018年8月决定从第九批对口援疆工作开始，实施“组团式”教育援疆。依据上海市关于教育人才“组团式”援疆工作试点的实施意见，闵行区与泽普县合作进行了“组团式”援疆工作的探索与实践，从总体目标、基本思路、基本原则、主要任务、保障措施五个方面明确了“组团式”教育援疆的工作路径，构建六大体系，形成五大援助格局，实现从“输血”到“造血”的转变。

一、新团队新要求

2019年年底，闵行区委、区政府明确了新一批援疆队伍人员的组织架构，其中教师68名。在2020年区“组团式”教育援疆工作（第十批干部人才援疆和第二批“万名教师”援疆）设计上，采取了小学、初中、高中、职高全学段覆盖，组建7个援疆支教小组的策略，对泽普县教育进行指导帮助，呈现出以下几个特点。

（1）第一次采用统一管理模式。2020年援疆教师比以往增加较多，为保证管理顺畅，明确组织部选派的第十批干部人才（教师）与第二批“万

① 杨光，上海市莘庄中学副校长，2020年3月至2022年12月在新疆喀什地区泽普县开展教育援疆，担任闵行援疆教师团队临时党总支书记，泽普县教育局副局长。

名教师”合为一体，在管理上做到待遇统一、居住统一、要求统一，从而避免了居住分散、协调困难等问题。

（2）第一次选派督学参加援疆。充分发挥闵行教育督导专长和优势，既加强团队援疆工作的指导，也帮助当地教育管理部门科学规范地指导学校发展。

（3）第一次设立了学科教研员，分别指导各学段的教育教学工作。第一次成立了援疆团队课题组，开展教育科研工作并指导泽普县的教育科研活动。

（4）第一次有女教师（22人）参加，接近教师团队总数的三分之一，且有8对夫妻同行。

在区教育党工委的精心安排下，援疆教师团队组成临时党总支，团队中有学校党支部书记6名，党员教师32名。根据基层党组织的作用及援疆团队的特殊性，我们注重发挥临时党组织的核心领导作用、战斗堡垒作用，坚决落实“三重一大”制度，坚决执行民主集中制，凡是涉及团队的工作都要及时沟通、及时研究，对发现的问题及时整改，确保团队安全和工作成效。特别是在迎接建党100周年，开展“学党史、悟思想、办实事、开新局”主题活动中，援疆教师临时党总支制订了“担使命，树形象，比学赶超展风采”活动方案，发扬“一群人一条心、一个目标一起拼”的精神，挥洒汗水，贡献智慧，树立闵行区援疆队伍形象，展现上海市教师风采，为泽普县基础教育的发展留下宝贵的财富。

二、新模式新突破

通过援疆教师临时党总支的精心策划，特别是把各援疆小组党建工作和派驻学校的工作同步进行，有效发挥了党员的先锋模范作用，切实调动了援疆团队党员教师和入党积极分子的积极性、创造力，形成了“比学赶超”氛围，激发了大家热情和干劲，取得了如下成绩。

1. 第一次进行了课程专项督导

张孝泉督学亲自设计制定了《泽普县责任督学挂牌督导实施办法》。泽普县教育局召开泽普县督学聘任大会，聘任了29名责任督学并对他们进行了两次挂牌督导实务培训，启动对学校的挂牌督导工作。2020年12月，泽普县教育局组织了责任督学挂牌督导案例评选，并选送5篇案例参加地区评选。2020年12月，喀什地区调查统计属地责任督学挂牌督导实施情况，泽普县是南疆地区责任督学挂牌督导中小幼学校（园）全覆盖的县，也是南疆地区督学工作机制比较健全的县，受到了喀什地区行政公署的肯定。

2021年3月至5月，由张孝泉督学挂帅的课程教学专项督导组，对泽普一中、二中、三中、四中、五中、六中和二小、赛力乡中心小学进行了现场督导，通过查看学校自评、深入课堂听课、与有关领导和教研组长座谈、分析师生问卷等途径，详细了解学校课程教学现状，对学校近年来重视课程教学工作、抓实教学常规、强化质量意识、提升课堂教学有效性等方面取得的成绩、形成的好做法予以充分肯定，同时对学校课程教学管理方面存在的问题提出了改进建议。每一所学校督导调研结束后都形成了专题调研报告，最后汇总为《泽普县课程教学专项督导报告》，以供学校和教育局作参考。这次学校督导工作，进一步规范了泽普县教育督导工作，引导学校规范办学和长远发展，对推动泽普县教育优质均衡发展起到了重要作用。

2. 第一次安排教研员指导全局教研工作

本期援疆教师团队第一次安排了三个学段的教研员，担任泽普县教育局教学管理中心教研指导工作。匡肖祺、宋丽、蒋云鹏三位老师广泛调研后，举办了学科讲座、小课题研究指导讲座、公开课及骨干教师培训班，有针对性地开展教学研究指导工作，帮助泽普县教育局建立教育科研制度，组织相关业务培训。

与此同时，他们走乡村、下基层、听评课、作指导，对各校教学情况进行把脉诊断，提出教育教学改革方向，初步引导泽普各校把中心工作放在教研和科研上。他们手把手指导基层学校开展校级、教研组、备课组三级备课活动，通过集体备课不断弥补教师个体短板，带动了一批老师潜心研究学生、研究教材，有效促进了教师队伍的建设和教学质量的提升。三位教研员将指导者、引领者、培养者、管理者、评价者、服务者六个角色完美地融入一体，很好地展现了上海市、闵行区教研工作的风采。

3.第一次开展了教育教学小课题研究活动

为凸显教育科研的重要性，在援疆教师团队教研员的积极倡导下，泽普县教育局成立了教育局党委书记挂帅的教育科研领导小组，同时组建了由部分援疆教师、各学校教学副校长和主要管理人员组成的课题评审指导委员会。这是泽普县历史上第一次面对教育科研排出的强大阵势，共立项县级课题92项，其中喀什地区级课题4个，自治区级课题2个。我们团队还成功申请了上海市级课题“党建引领‘组团式’教育援疆工作的实践研究”。

由援疆教师团队组织指导的科研工作，探索出普及科研工作的管理和实践模式，即舆论引导、案例示范、边学边做、阶段落实。特别是在课题立项、开题、中期检查和准备结题各阶段，推出的“范例学习”和“在线咨询指导”极富成效。本届援疆教师在泽普教育科研方面所做的开创性工作，极大地促进了泽普基础教育的观念更新、方法改进、效率提升，意义重大，影响深远。

4.第一次举办了骨干教师培训班

2020年10月，由援疆教师蒋云鹏老师主持，泽普县举办了首届数学骨干教师研修班，选拔了泽普县部分小学和所有中学推荐的23名数学教师与4名援疆教师。该班以学习“实验型数学学习”的基本原理和方法为核心，以学习几何画板、网络画板技术为主体，附带学习“数学概念教学”的意义和方法、教育科研、论文写作的基本方法。这种骨干集中研修的培养方式，在专业发展上给教师带来更加实在的帮助，在引领本校学科深入研究的过程中持续发挥作用。

同期，由闵行区援疆教师临时党总支书记杨光主持，泽普县成立了“中小学骨干艺术教师研修班”，研修班成员有31名，聘请援疆教师王德文、周园为研修班导师，旨在通过两年的学习实践，提升艺术教师的修养，丰富艺术教学的表现形式，达到“以美载德、以美辅德、以美导德”的目的，进而提高中小学艺术教师的执教能力和教学成效。相信在上海市艺术教育专家的指导下，泽普县中小学骨干艺术音乐教师培训班一定会取得预期成效。

三、新形势新成绩

这次援疆支教工作，比以往任何一届都要特殊，一边防疫抗疫，一边支教促教，两次延迟出发、三次隔离、两阶段网课，无数次核酸检测，个中滋味，难以言表。面对这样的形势和要求，在前后方领导的深切关怀、正确决策下，特别是在泽普县各级领导和部门的大力支持下，全体教师做到了讲规矩、守纪律、重安全、求实效，珍惜援疆机遇和情谊，始终保持团结奋进、积极向上的精神状态，不忘援疆初心，不让光阴虚度，做了许多开创性的工作，取得了明显成效。2021年5月，闵行区援疆教师临时党总支荣获上海市委、市政府授予的“2017—2020年度上海市助力脱贫攻坚先进集体”荣誉称号；6月，荣获泽普县“2021年度民族团结先进集体”称号。可以说，本期援疆教师团队向组织、向当地、向家人交上了一份满意的答卷！

曾经，我们带着誓言和嘱托，飞越万水千山，来到泽普县城，为祖国大家庭的团结进步、边疆巩固做出了努力；此时，我们凝聚智慧和力量，挥洒汗水和笔墨，为西部边陲乡村振兴、脱贫攻坚付出了心血！我们承诺：教育援疆、团结稳疆、文化润疆，接力前行，不负使命！

附件2　闵行援疆教师带教徒弟所获荣誉

1.课题阶段第一批（2020年3月至2021年7月）

组别	援疆教师	带教徒弟	奖励事项	级别	等第
二小	杭斯佳	王文静	喀什地区第二届中小学教师“教坛新秀”评选	地区级	教坛新秀
二小	匡肖祺	李旭杨	喀什地区第二届中小学教师“骨干教师”评选	地区级	骨干教师
二小	匡肖祺	余新喜	小学科学课堂教学赛课活动	县级	一等奖
二小	匡肖祺	陈慧娟	小学、高中数学教师优质课比赛活动	县级	二等奖
二小	匡肖祺	梅凯新	喀什地区中小学教师“教坛新秀”评选	地区级	教坛新秀
二小	唐丽琼	徐姝兰	喀什地区中小学教师“教坛新秀”评选	地区级	教坛新秀
二小	唐丽琼	徐姝兰	“中小学英语课堂教学”赛课活动	县级	一等奖
二小	唐丽琼	邱瑞	“中小学英语课堂教学”赛课活动	县级	一等奖
二小	王飞	刘爱玲	2020年新疆中小学信息技术教学论文和教学录像课评比活动	自治区级	二等奖
二小	王飞	刘爱玲9	2020年新疆中小学信息技术教学论文和教学录像课评比活动	自治区级	三等奖
二小	武蓉	杜春花	2021年寒假培训“优秀授课教师”	县级	

续　表

组别	援疆教师	带教徒弟	奖励事项	级别	等第
二小	张孝泉	杨静	喀什地区名校长工作室成员	地区级	
二小	张学群	张丽萍	上海嘉定区德育名师工作室学员	地区级	
二中	方学明	陈燕茹	新疆中学历史教师教学设计评比赛	自治区级	二等奖
二中	李麟	闫佳秀	喀什地区中小学教师课件制作大赛	自治区级	二等奖
二中	李麟	闫佳秀	第二届新疆维吾尔自治区青少年创意编程与智能设计大赛	自治区级	优秀指导教师
六中	柴玉忠	杨丽容	新疆中小学骨干教师提升培训项目——初中数学学科课堂教学比赛	自治区级	二等奖
六中	柴玉忠	杨丽容	喀什地区教学大奖赛	地区级	一等奖
六中	胡永斌	况建伟	中小学“体育与健康线上教科研案例”评选	自治区级	二等奖
六中	金海芹	向敬	2020年新疆英语教师教学论文、教学设计、案例及说课稿评选活动	自治区级	三等奖
六中	孔宪镔	张高飞	喀什地区历史学科教学技能大赛优质课评比	地区级	二等奖
六中	孔宪镔	张高飞	中学历史学科教育教学技能大赛说课评比	县级	二等奖
六中	孔宪镔	王秀芳	中学历史学科教育教学技能大赛说题评比	县级	二等奖

续　表

组别	援疆教师	带教徒弟	奖励事项	级别	等第
六中	孙爱丽	努尔塞尼·吾斯曼	中学地理微格课“教学展示”活动	县级	三等奖
六中	孙爱丽	努尔塞尼·美合日班	泽普县中小学优秀自制教具评选	县级	二等奖
六中	徐涛	刘美艳	2020年新疆中小学信息技术教学论文和教学录像课评比活动	自治区级	三等奖
三中	方春英	张婷	新疆喀什泽普县上课比赛	县级	二等奖
三中	方春英	张婷	新疆维吾尔自治区教师教学论文评选	自治区级	二等奖
三中	方春英	努尔比亚	新疆维吾尔自治区教师教学论文评选	自治区级	三等奖
三中	王德文	努尔曼古丽	“民族团结一家亲，和谐共圆中国梦”	县级	三等奖
三中	张增华	图尔逊阿依	泽普县道德与法治课堂教学大赛	县级	二等奖
四中	董佳杰	李静	第二届中小学（幼儿园）梯级教师发展培育工程	县级	学科带头人
四中	刘凤群	张可欣	中学语文学科名著导读课堂教学比赛	县级	一等奖
四中	宋丽	武振宇	中学历史学科教育教学技能大赛“优质课比赛”活动	县级	三等奖
四中	宋丽	武振宇	喀什地区中小学教师“教坛新秀”评选	地区级	教坛新秀
四中	邹洁琼	布买热叶木·吾斯曼	中学数学课堂教学比赛	县级	二等奖

续 表

组别	援疆教师	带教徒弟	奖励事项	级别	等第
五中	陈迎峰	邱鸿福	喀什地区中小学教师“教坛新秀”评选	地区级	教坛新秀
五中	孙守思	赵笛	数学教师说课比赛活动	县级	一等奖
五中	孙守思	赵笛	初中数学教师技能(说课)大赛	地区级	一等奖
五中	孙守思	赵笛	自治区2020年初中数学教师技能(说题)大赛	自治区级	一等奖
五中	熊鹰	万艳	喀什地区中小学教师“教坛新秀”评选	自治区级	教坛新秀
五中	熊鹰	万艳	泽普县数学教具制作大赛	县级	一等奖
五中	徐秋实	张晓燕	喀什地区历史学科教育教学技能大赛优质课评比	地区级	二等奖
五中	徐秋实	杨帆	喀什地区历史学科教育教学技能大赛说课评比	地区级	三等奖
五中	尹信茂	古丽牙尔	泽普县中小学优秀自制教具评选	县级	一等奖
五中	钟建军	赵娜	2020年12月喀什地区思政教学录像大赛	地区级	一等奖
五中	钟建军	赵娜	2020年10月泽普县思想政治学科课堂教学比赛	县级	一等奖
五中	钟建军	赵娜	2021年3月泽普县思想政治学科课堂教学比赛	县级	一等奖
五中	钟建军	赵娜	2021年4月喀什地区“学党史、迎百年”思政学科优质课比赛	地区级	一等奖

续　表

组别	援疆教师	带教徒弟	奖励事项	级别	等第
五中	周园	张晓艳	泽普县“我和我的祖国”主题活动——中华传统文化展示活动	县级	二等奖
五中	周园	张晓艳	泽普县“我和我的祖国”主题活动——中华传统文化展示活动	县级	特等奖

2. 课题阶段第二批（2021年7月至2023年1月）

受援学校	援疆教师	带教徒弟和学校	奖励事项	级别	等第
六中	孔宪镔	杨丽容	2021年12月喀什地区教学能手评选	地区级	教学能手
六中	孔宪镔	杨丽容	2021年12月泽普县新入职教师培训	县级	优秀讲座
六中	孔宪镔	杨丽容	2022年6月泽普县初中学业水平测试命题比赛	县级	二等奖
六中	孔宪镔	常金蝉	2022年新疆维吾尔自治区教学论文评比	自治区级	二等奖
六中	孔宪镔	常金蝉	2021年喀什地区教育教学小课题结题	县级	优秀
六中	孔宪镔	常金蝉	2022年初中学业水平考试模拟试题命题	县级	二等奖
六中	孔宪镔	常金蝉	2022年泽普县常规教学(校本教研)培训讲座	县级	优秀
六中	孔宪镔	常金蝉	2022年泽普县教育局经典诵读评委	县级	优秀
六中	孔宪镔	常金蝉	2022年泽普县优秀教师评选	县级	优秀

续　表

受援学校	援疆教师	带教徒弟和学校	奖励事项	级别	等第
二中	乐崇英	徐燕萍	泽普县“闵泽杯”课堂教学评优活动高中学科	县级	一等奖
二中	乐崇英	彭聪(六中)	泽普县“闵泽杯”课堂教学评优活动初中学科	县级	一等奖
五中	汤江峰	方燕玲	新疆师范大学送教培训活动“示范课”	县级	一等奖
五中	汤江峰	方燕玲	初中语文经典名著阅读素养提升活动	县级	二等奖
五中	汤江峰	方燕玲	“从小学党史　永远跟党走”主题教育征文	县级	一等奖
五中	汤江峰	方燕玲	新疆初中语文教师优秀成果(教学课例)评选	省级	二等奖
二中	王伟东	陈勇	“闵泽杯”课堂教学比赛	县级	一等奖
五中	夏荣	邱洪福	2021年“闵泽杯”课堂教学评优活动(初中体育课)	县级	一等奖
五中	吴婷	马文玉	泽普县中考命题比赛一等奖	县级	一等奖
二中	张天萍	张海丽	2022年新疆高中英语学科教师优秀教学成果评比活动作业设计比赛	自治区级	三等奖
二中	张天萍	李春霞	“闵泽杯”课堂教学评优活动高中英语	县级	一等奖
五中	周庆丰	朱虹静	2021年喀什地区基础教育精品课比赛	地区级	地区精品课

续 表

受援学校	援疆教师	带教徒弟和学校	奖励事项	级别	等第
三中	周庆丰	朱虹静	2022年喀什地区初中学业水平模拟试卷命题比赛	地区级	一等奖
五中	周庆丰	古翠翠	2021年喀什地区初中英语教学比赛	地区级	地区教学能手
五中	周庆丰	古翠翠	2022年喀什地区首届中小学英语才艺比赛	地区级	一、二等奖
五中	周庆丰	古翠翠	2022年新疆维吾尔自治区片段课比赛	自治区级	二等奖
五中	周庆丰	古翠翠	2022年新疆维吾尔自治区作业设计比赛	自治区级	二等奖
五中	周庆丰	古翠翠	2022年新疆维吾尔自治区第四次网络示范课比赛	自治区级	优秀示范课
五中	周庆丰	古丽加玛丽(四中)	2022年泽普县“教坛新秀”比赛	县级	教坛新秀
二中	杜纯超	龚韩森	“闵泽杯”喀什体育视频课	地区级	一等奖
二中	毛勇	李彤	2022年喀什地区新课程新教材普通高中优质课评选活动	地区级	二等奖
二中	毛勇	李彤	2022年泽普县高中优质课比赛	县级	一等奖
五中	骆宏文	王静	喀什地区中小学教师“教坛新秀”评选	地区级	教坛新秀
五中	骆宏文	王静	2021年喀什地区第二届“初中语文教学能手”	地区级	地区教学能手

续 表

受援学校	援疆教师	带教徒弟和学校	奖励事项	级别	等第
五中	骆宏文	王静	2021年新疆师范大学送培训活动	县级	一等奖
五中	骆宏文	王静	2021年泽普县初中语文经典阅读素养提升活动	县级	教师组二等奖
五中	骆宏文	王静	“从小学党史 永远跟党走”主题教育读书朗诵比赛	县级	初中组一等奖（指导学生作品）
五中	骆宏文	王静	2022年新疆初中语文教师优秀教学案例评比	自治区级	三等奖
五中	骆宏文	王静	2022年新疆初中语文教师优秀教学成果（教学论文）评比	自治区级	二等奖
五中	骆宏文	朱洁云（六中）	初中学业水平模拟命题考试比赛	县级	二等奖
五中	骆宏文	朱洁云（六中）	2021年新疆师范大学送培训活动	县级	一等奖
五中	骆宏文	朱洁云（六中）	2021年县级优秀活动指导员	县级	优秀
五中	骆宏文	朱洁云（六中）	2021年泽普县初中语文经典阅读素养提升活动	县级	教师组三等奖
五中	骆宏文	杨柳（六中）	初中学业水平模拟命题考试比赛	县级	二等奖
五中	骆宏文	杨柳（六中）	2021—2022第二学期教师基本功大赛	县级	三等奖

续 表

受援学校	援疆教师	带教徒弟和学校	奖励事项	级别	等第
五中	骆宏文	杨柳(六中)	初中语文“教坛新秀”	县级	教坛新秀
五中	骆宏文	杨柳(六中)	2021年新疆师范大学送培训活动	县级	一等奖
五中	骆宏文	杨柳(六中)	2022年中国教育科学院教育科研所比赛	国家级	一等奖
二中	郭超	姚晓迪	喀什地区泽普县高中“联合教研——语篇下的单词教学”说课及公开演示课评选	县级	教坛新秀
二中	郭超	努尔古丽	喀什地区泽普县高中“联合教研——语篇教学中兴趣点的设置”说课及公开演示课	县级	优秀
二中	郭超	唐佳	地区泽普县高中“联合教研——核心素养下的作文教学”说课及公开演示课	县级	优秀
五中	王志琴	石巧玲	2022年喀什地区级英语课比赛	地区级	一等奖
五中	王志琴	石巧玲	2022泽普县第二届初中学业水平考试模拟试题命题比赛	县级	一等奖
五中	王志琴	石巧玲	2021“闵泽杯”县课堂教学评优	县级	二等奖
五中	王志琴	石巧玲	2022年泽普县中小学英语才艺比赛课本剧比赛	县级	一等奖
五中	王志琴	石巧玲	2022年泽普县中小学英语才艺比赛演讲比赛	县级	二等奖

续 表

受援学校	援疆教师	带教徒弟和学校	奖励事项	级别	等第
五中	王志琴	谢仁古丽(四中)	2021年“闵泽杯”县课堂教学评优	县级	一等奖
五中	王志琴	谢仁古丽(四中)	2022年泽普县第二届初中学业水平考试模拟试题命题比赛	县级	一等奖
五中	王志琴	阿依谢姆古丽(四中)	2022年泽普四中青年教师课堂教学比赛	县级	二等奖
五中	王志琴	阿依谢姆古丽(四中)	2022年泽普县中小学英语才艺比赛演讲比赛	县级	二等奖
五中	王志琴	袁丽娟	2022年泽普县第二届初中学业水平考试模拟试题命题比赛	县级	二等奖
五中	王志琴	袁丽娟	2022年泽普县中小学英语才艺比赛课本剧比赛	县级	二等奖
五中	王志琴	李旭丽	2022年泽普县第二届初中学业水平考试模拟试题命题比赛	县级	二等奖
五中	王志琴	李旭丽	2022年泽普县中小学英语才艺比赛课本剧比赛	县级	一等奖
五中	王志琴	李旭丽	2022年喀什地区心理微课比赛	地区级	一等奖
五中	王志琴	阿尔祖(四中)	2022年泽普县第二届初中学业水平考试模拟试题命题比赛	县级	三等奖
五中	王志琴	阿尔祖(四中)	2022年泽普县中小学英语才艺比赛课本剧比赛	县级	二等奖

续 表

受援学校	援疆教师	带教徒弟和学校	奖励事项	级别	等第
二中	严红敏	伏丽娟	喀什地区历史学科教学能手	地区级	教学能手

附件3　闵行援疆教师团队学习课程模块

一、党建类课程

（一）自学课程

1.习近平总书记在庆祝中国共产党成立100周年大会上的重要讲话

2.《习近平法治思想学习纲要》

3.党的十九届六中全会精神，《中共中央关于党的百年奋斗重大成就和历史经验的决议》

4.《党委（党组）落实全面从严治党主体责任规定》

5.《关于新形势下党内政治生活的若干准则》

6.《中国共产党章程》

7.习近平出席全国宗教工作会议并发表重要讲话

8.习近平出席中央民族工作会议并发表重要讲话

9.第三次中央新疆工作座谈会精神

（二）集中学习或党课课程

1.《中国共产党党委（党组）理论学习中心组学习规则》

2.《中国共产党支部工作条例（试行）》

3.《喀什地区进一步加强全面从严治党工作的实施方案》

4.《喀什地区全面从严治党“四责联动”机制实施意见（试行）》

二、当地情况相关课程（集中学习或党课课程）

1.自治区第十次党代会精神

2.《中共新疆维吾尔自治区委员会关于严肃反分裂斗争纪律的规定》

3.中央民族工作会议精神

4.全国宗教工作会议精神

5.第三次中央新疆工作座谈会精神

三、教师教育类课程（自学课程）

1.《中华人民共和国教育法》

2.《中华人民共和国义务教育法》

3.《中华人民共和国教师法》

4.《中华人民共和国职业教育法》

5.《中华人民共和国家庭教育促进法》

6.《中小学教师违反职业道德行为处理办法（2018年修订）》

7.喀什地区教育系统关于建立教师师德承诺书和师德档案的实施方案

8.自治区教育厅关于对6起教师违反师德师风典型案例的通报

9.教育部2022年教育工作要点

10.《中华人民共和国未成年人保护法》

11.马健同志在喀什地区2022年教育工作会议上的讲话

12.张骞、班超、林则徐等历史人物和“五星出东方利中国”等历史故事

四、安全法制类课程（自学课程）

1.《自治区实施〈中华人民共和国反恐怖主义法〉办法》

2.《新疆维吾尔自治区去极端化条例》

3.《中华人民共和国网络安全法》

4.《中华人民共和国保守国家秘密法》

5.《中华人民共和国民族区域自治法》

6.《宗教事务条例》

7.中国共产党新疆维吾尔自治区第十届纪律检查委员会第二次全体会议公报

8.防性侵知识宣传教育：学习“一号检察建议”和“两项制度”

9.《关于加快建立喀什地区中小学思想政治工作体系的实施意见》

10.常态化扫黑除恶斗争应知应会

11.关于印发《泽普县教育系统2022年常态化开展扫黑除恶斗争实施方案》的通知

12.关于扫黑除恶专项斗争暨教育领域乱象违规违纪违法问题线索征集公告

五、团队管理要求课程（集中学习或党课课程）

1.《关于建立中小学校党组织领导的校长负责制的意见（试行）》

2.关于加强全县中小学校幼儿园党的建设工作的实施意见

3.党风廉政建设工作会议暨警示教育大会

4.保密工作培训会议

5.守正创新 铸牢中华民族共同体意识（民族团结创建推进会）

6.践行雷锋精神 争做时代先锋

7.泽普县教育系统拒绝有偿补课和收受礼品礼金公开承诺书及举报方式

8.教育部公开曝光第九批7起违反教师职业行为十项准则典型案例

9.援疆教师团队八项纪律规定

10.援疆教师团队医疗报销暂行规定

11.援疆教师团队报修维修流程

12.援疆教师团队工会活动章程

13.援疆教师食堂卫生安全操作流程说明

14.援疆教师团队日常生活注意事项提醒告知书

15. 援疆教师工作计划、总结、交流规定要求

16. 援疆教师驻地设备使用保养暂行规定

附件4　泽普县部分中小学办学情况督导调研报告

泽普县部分中小学办学情况督导调研报告

泽普县教育督导调研组（执笔：张孝泉[①]）

一、督导调研概况

为总结泽普教育发展近年来的经验和好的做法，同时为今后进一步提升教育质量和促进优质均衡发展，在为期一年半的援疆支教期间，在泽普县教育局和督导室领导的关心和指导下，张孝泉督学组织援疆支教专家团队对泽普县教育情况进行了督导调研。督导调研的方式主要是经常性督导和专项督导，督导调研的对象包括县城中小学、幼儿园以及10个乡10所中心小学和部分教学点共计56所学校，围绕办学条件、师资队伍和课程教学三大内容进行了调研。2021年3月23日至5月25日，组织了对泽普二小、赛力乡中心小学、一中、二中、三中、四中、五中和六中等8所学校的课程教学进行了专项督导调研，包括问卷调查、访谈座谈、听课评课、巡视校园、查阅资料等方式。

① 张孝泉，上海市闵行区教育督导室专职督学，2020年3月至2022年1月在新疆喀什地区泽普县开展教育援疆，担任闵行援疆教师泽普二小组组长，兼泽普县教育督导室督学。

二、泽普县教育总体情况

泽普县现有中小学65所，其中小学58所，包括县直3所，乡镇中心小学14所，村级完全小学3所，村级教学点38个（1—3年级）；初中4所，集中办学，成立了初中教育联盟；高中3所，县二中为汉语系学校，其他两所生源全部为少数民族。有幼儿园76所，其中县直6所，乡镇中心园13所，村级园57所。

在校生总数62030，少数民族占92.3%。小学：少数民族占93.6%，汉语系学校2所，其中县二小少数民族占43.7%，奎镇小学少数民族占63.7%。初中：少数民族占90.2%，汉语系学校1所，为五中，其少数民族占59.3%。高中：少数民族占82.8%，汉语系学校1所，为县二中，其少数民族占52.2%。幼儿园：少数民族占93.1%，乡镇、村幼儿园无汉族幼儿。

全县专任教师3446人，其中少数民族2274人，占66%。小学少数民族教师占58%；初中少数民族教师占69%；高中少数民族教师占57.6%；幼儿园少数民族教师占97%。

泽普县中小学在办学条件、师资配备、办学经费标准等政府保障方面达到了基本均衡，配备标准基本统一。各校都能按照自治区课程计划安排课程设置，课程设置与课时分配严格按照自治区要求执行，教材及配套的教辅材料也严格按照自治区教育厅的要求执行。学校办学总体规范，制度健全，控辍保学落实到位，确保义务教育阶段学生全部接受义务教育。教学质量连续多年在喀什地区名列前茅。

三、泽普县教育发展优势与经验

1.县委县政府重视教育工作，支持教育事业发展

近年来泽普县委县政府贯彻落实教育优先发展战略，在资金投入、教师编制、资源配置、改善办学条件等方面积极履行政府保障职能，初步形

成了全社会重视支持教育的氛围。2018年至2020年全县义务教育阶段生均教育经费和生均公用经费每年略有增长，基本保证了全县中小学幼儿园的教育经费。近年来新建学校建设标准有较大的提升，教学设备设施基本配备到位，信息化程度明显提高。近年来泽普教育事业发展迅速，体量逐年增加，办学质量稳步提高，教学质量在喀什地区名列前茅，教育成为泽普县对外宣传的一张名片。

2.学校制度健全，管理机构运行有效

泽普县各中小学学校管理制度基本健全，都制定了绩效考核方案、安全管理、教学常规管理、教职工岗位职责、财务财产管理等制度，并能够在教育教学工作中予以认真执行。各校组织管理机构系统健全，建立了教务处、党建办、德育处、总务处、思政办等学校管理机构，日常运行有效，承担了学校教育教学总务后勤等日常管理任务。问卷调查显示92%的教师（506人）认为学校重视教学常规管理。

3.教师队伍相对稳定，精神状态良好

泽普县教育系统各中小学在教育局的统一部署安排下，克服了社会任务重、检查评比多、教师抽调多的困难，尽力稳定教师队伍，抓好维吾尔语教师的国培工作，让更多的维吾尔语教师到教学第一线上课。同时挖掘潜力，统一调配，借助援疆支教教师的力量，充实学校师资，缓解学校教师结构性缺编的困难。全县学校的教学秩序稳定，教育教学工作稳步推进。在相对困难的办学条件下，学校领导和教师保持了昂扬的斗志和良好的精神状态，以办法总比困难多的思路，做好学校各项工作。

4.建设教育园区，体现相对集中办学的优势

2009年泽普县投入巨资建设教育园区，尽管当时社会上还有争议，泽普县还是顶着压力建成了初中教育园区，开启了集中办学的序幕。从近年来办学的成效看，教育园区集中办学有利于集中教育资源，降低办学成本，发挥规模效应，也有利于推广国语教育后对学生的集中教育，成效明显。

5.上下合力，工作执行力强

在泽普县，不管多困难的工作，各校都能够在规定的时间内完成好。

上级部门的领导和基层学校的老师，都能顾全大局，有时连续三四个星期不休息，不找理由不寻借口，不推脱不逃避，坚决完成任务。这种顾全大局、不折不扣完成任务、服从安排，坚守岗位和任劳任怨的工作作风和坚强的意志值得学习。

6.重视课程教学工作，确保教学质量的稳步提升

从这次课程教学专项督导情况看，泽普二小努力构建“1+课程”，逐步完善课程体系，落实教学常规管理，增强质量意识，近年来教学质量一直名列地区前列。赛力乡中心小学积极开展绩效考核，促进教学改进。绩效考核方案中包括教育教学常规工作、师德师风表现、工作量、教学成果、工作表现、考勤管理等内容。泽普一中定期指导薄弱班级、薄弱学科，借力校内外优质教育教学资源，通过个人辅导、小组辅导、包联辅导等多种形式帮助学生提优补差，取得较好的成效。泽普二中扎实开展校本教研活动，提升教研活动质量；积极探索“高效课堂”策略方法，每周半天集中教研，上公开课、示范课、汇报课、教研课和同课异构、随堂听课等课堂教科研活动，修改课堂评价标准，以评促改，以评引导，改进教学方法，更新教学观念；学校的教研活动还对一中、七中开放，组织联合教研活动，发挥辐射引领作用。泽普三中制定教师专业发展规划，设置教师成长发展档案，引进优质培训资源，定期开展专题培训；根据生源特点，积极开展家校互动，提高家庭教育指导能力；创建足球特色，巩固全国足球特色校成效。泽普四中加强课堂教学研究，努力提高课堂教学质量；倡导“精导—自主—体验”课堂教学理念，出台“泽普四中课堂量化评价标准”，对课堂上教师的引导、学生的自主活动、课堂训练、课堂提问、教师行为等做出具体的规定。泽普五中组织校本课程“大学”和优势项目的探索与实践；国学经典进校园，让传统文化浸润校园，提升育人品位；编撰《论语选读》，开设国学系列兴趣课程，包括国学诵读、茶艺、民乐、国画等10门课程；开展“偏远少数民族地区初中课堂教学生活化实践研究”，实现课堂教学生活化，将“九同”作为育人载体，创设国语同学环境，强化国语学习生活化氛围，体悟生活情景，提高教学质量，降低语言薄弱学生学习难度。泽普六中重视教师的校本培训，积极探索和构建学校多元化校本研修体系，组织“新绿杯”“睿德杯”等教学节、读书节活动，开展形式多样的研修活动，精心打造校本研修体系，在教师的交流与分享中，促进师资队伍的整体提升。

问卷调查显示，全县83%的教师（共545人）对学校课程教学工作的总体评价为“满意”和“比较满意”；92%的教师认为学校对教学常规管理“很重视”和“比较重视”；66%的教师认为学校推进课堂教学改进“措施得当，持续推进，成效显著”；75%的教师认为“学校有完善的教学管理制度，并能进行自我评价和改进”。86%的学生（共1023人）认为在校学习的总体感受为“能主动、愉快地学习”；90%的学生认为“作业适量，批改认真，反馈及时，非常满意”；82%的学生对班主任及其他任课教师与家长联系沟通的方式和效果感到“满意”；83%的学生对任课教师使用信息技术的评价是“能经常用，效果也较好”。

四、存在的主要问题和困难

1.教师结构性隐性缺编问题比较突出

学校和教师承担了大量的社会事务工作，学校和教师精力和时间花在教育教学工作上的集中度不高。由于自治区维稳和社会工作需要，泽普县抽调了教育系统大量干部教师驻村和借调到其他单位工作，同时推广国语教学后很多维吾尔族教师因为国语不达标分流转岗，使得大部分学校实际在岗上课教师数明显少于在编教师数，造成教师结构性缺编情况比较普遍，个别学校达到30%以上。2020年度泽普县教育局统计报表显示，全县在编专任教师共3401人，其中驻村、外借专任教师912人，占比20%，学校不在岗教师最多的占比达到40%（图呼其乡中心校）。全县高级职称和中级职称教师共1317人，其中不在岗386人，占比29%，占全县专任教师数的8.5%。全县中小学幼儿园平均师生比大大超过了国家和自治区规定的师生比。多数学校都存在在岗教师紧缺，学科教学与教师专业不对口，部分学校音体美专业教师较少，难以满足课程教学需要，导致不少学校课表上虽有安排，但实际不上音体美课，只上语数，开足开齐课程难以保证。在岗的维吾尔族教师能够真正在学科教学中发挥作用的不多，特别是高级职称教师，当年为了义务教育均衡发展和学校标准化建设达标验收通过，高级职称指标全部下达到学校，由学校推荐评审，结果所有高级职称指标全部用完，论资排辈，教龄长、资历深的教师得到了照顾，其中也有很大一部分是维吾尔族老师。现在这批人中有的外借、驻村，有的分流转岗，真正在教学一线发挥作用的很少。但一批中青年骨干教师却又因为职称限制上不来，影响了教师专业发展的积极性和发展动力，从而影响了学校的教育教学质量。

教师做了大量的社会工作，如防疫、下乡劳动、包联贫困户等，学校频繁接受各种安全、防疫、法治、廉洁等检查，有时一天要接受几次检查，从地区到县到局，各类检查人员对学校的各项工作提出不同甚至是相互矛盾的要求，学校疲于应对不知所措。在这次督导调研问卷中，教师对此提出了强烈的意见，希望对各类检查进行梳理归并，减少不必要的检查，减轻社会工作压力，让学校和教师静下心来办学和教学。基层学校和老师对进一步落实《自治区中小学教师减负清单》的呼声很高，应引起高度的重视。

2.办公经费紧张，办学条件得不到及时改善

教育经费受制于经济发展财政收入水平，教育经费投入总量较低。义务教育阶段政府教育经费投入欠账较多，没有完全拨付到位，近三年累计欠拨1亿多元。目前泽普县小学、初中和高中的生均公用经费定额标准分别是600元、800元和1200元。据了解实际还不能全部到位，学校实际能够拨付到位的公用经费约为定额标准的50%～60%，其余都由教育局统筹安排了。在生均公用经费定额标准不高又被部分统筹的情况下，学校办学条件改善就显得十分困难。有的学校十年没有大修，十年课桌椅没有更换过，教学设备设施陈旧破损不能使用的现象比较普遍，部分学校信息化教学设施完好率不高，使用效率差。很多学校在支付完水电、取暖费后公用经费

所剩无几，只能一再压缩办公经费，教师办公所需的打印机、油墨和纸张都是自己花钱购买，体育馆、校舍渗水、地板地砖翘裂等都不能及时维修，影响使用。有些学校还要挤出部分经费还前几年的欠款。总体看学校的办学条件相对还是比较艰苦，教学设施设备配备使用还不到位。乡中心校和村教学点厕所还都是旱厕，非常不卫生，急需改造，多数学校的男女厕所数量和蹲位严重不足。问卷调查显示40%的教师认为学校的教育教学设施只能基本满足教学需要，还有5%的教师认为完全不能满足。

3.绩效工资没有体现多劳多得优劳优酬的导向

平均主义大锅饭思想严重，对30%奖励部分的性质和定位有偏颇，政策引导和区域缺少指导性要求和规定，导致优质优酬和干多干少不一样在学校层面很难实施，绩效工资的激励作用显现不出来。特别是分流转岗后的教师绩效工资没有岗变薪变，基层学校领导和教师意见很大。问卷调查显示，40%的教师认为绩效工资效果不明显或没有激励作用。

4.质量评价和督导体系不够完善，导向不够全面科学

县域教育督导和教学研究机构力量薄弱，人员严重不足，难以开展有效督导监督和质量监测以及教学指导。没有完善的办学评价指标体系和健全的督学督导机制，对学校的评价停留在教学质量指标上，评价学校办学质量和教师的工作质量主要看教学成绩，全面育人和素质教育要求未能充分体现在对学校的评价中，一定程度上导致了重智育轻其他各育，重考试学科轻非考试学科，重成绩轻其他的现象。泽普县目前没有单独的教研室机构，其职能隶属在教管中心，专业人员严重缺少，工作开展困难重重，很难有效组织教学研究和质量监测工作。问卷调查显示25%的教师认为对学生发展的评价“尚不够全面，仍然以考察学业成绩为主”，54%的学生反映“每次考试都排名，并在班上宣布”。认为学业负担“很重”和“比较重”的学生分别占比“7%”和“21%”，教师占比分别为“17%”和“25%”。

5.课程教学组织管理有待进一步加强，课堂教学有效性有待提高

（1）课程计划执行力有待进一步提升。由于教师结构性缺编（音乐、体育、数学、语文、英语等学科），有时尚不能做到开足课时，或者课表上

安排是开足开齐课时了，但教师紧缺的情况下，英语、音体美科学等学科难以正常上课，缺课现象比较突出，个别教师承担课时量超标准，教学效果不佳。师资方面存在的主要问题，一是汉族教师少，维吾尔族教师多，国语不过关，教学困难很大，质量难以保证；二是教师专业化水平有待提高，非专业教师教专业学科的现象很普遍。50%的学生认为音体美等学科“经常被挤占”或“近一半被挤占”。

（2）信息技术运用能力需提升。部分学校多媒体、信息化技术手段的运用存在一定的局限，教育现代化水平有待进一步提高。信息化设施设备陈旧难以保证教学使用。有的学校50个班级中只有16个班级的电脑设备可以使用，其他班级电脑、投影等都有问题，不能正常使用。教具很少，实验器具不齐，严重影响了教学信息化运用和实验教学。督导问卷调查显示，27%的老师基本能使用，5%的教师很少使用信息技术。信息技术设备有待进一步更新和添置，教师信息技术与课程教学整合的能力有待进一步提升。

（3）教学管理的力度尚需加强。纵向比较学校教学质量，可以看出近些年有所下滑。下阶段，要继续强化教学常规管理，强化教学流程管理和四级质量监控机制。学校主要领导无教学主题讲座和质量分析报告，个别学校领导班子中有无学科背景的领导，学科结构需要完善。教研活动有待进一步制度化、正常化，实效性有待进一步提高。没有做到“四定”——定时间、定地点、定中心发言、定主题。督导问卷调查显示，11%的教师认为学校教研活动“只满足少数老师的需求”。

（4）教科研工作管理机制有待进一步完善。教研活动组织比较薄弱，课题研究较少，积极性不高，2019年以来学校县级以上课题研究多数是援疆教师主持。

（5）教师的教学能力差异较大，整体素养有待提升。课堂教学以教师讲为主，学生学习主体性积极性未充分发挥。个别教师课堂上给学生自主学习的空间不充足。教学方法比较陈旧，灌输式教学的痕迹很重。英语学科师资力量尤其薄弱，教师专业素养较低。学生学习能力培养不到位。课堂教学有效性不高，导致学生的课业负担较重。问卷调查显示，17%的教师认为学生课业负担很重，25%认为较重。7%的学生认为课业负担很重，21%认为较重。

（6）课堂教学改进的目标、途径、范式需更加清晰。学校虽然有课堂教学改进的设想，但改进理念尚不明确，改进途径和方法尚不清晰，以项目推动为抓手的课堂教学改进成效还不明显。建议学校以打造“轻负高质”课堂为目标，进一步明确改进方法和路径，提炼出课堂教学改进范式，来规范和变革教师的课堂教学行为，使得课堂教学质量得到整体提升。本次督导共听课225节，其中优课120节，占比53%，良课92节，占比41%，中课和差课13节，占比6%，课堂教学改进任务还很艰巨。

（7）课堂教学改进项目化推进需加强。学校在课堂教学改进方面做了很多探索和实践，也取得了一定的成效，但课堂教学改进的项目不够明确，阶段性主攻方向不清晰，如“信息化应用”“分层作业设计与练习”“综合学业评价改革”“精讲多练、有效课堂”等。项目化推进力度不够，课堂教学改进的阶段性主题需要明确，实施策略需要改进，从而逐步由量变到质变，使本校的课堂教学改进取得质的飞跃。

（8）社团活动持续性不够，学生兴趣爱好培养不够重视。多数学校只有50%不到的学生参与社团活动，占比最低的学校只有5%的学生参与社团活动，且持续性不够，提炼总结不够，尚未形成校本课程。学校特长生培养方面措施不力、形式不活、方法不多、指导不够。问卷调查显示，22%的教师认为“部分学生参加、活动内容大多与考试学科有关”，16%的教师认为“仅少量学生参加，为参加比赛准备”，6%的教师认为“没有社团活动”。24%的学生认为“时间不能保证，有时改上其他课或自修”和“经常改作其他课或自修”。

6.学校对发展规划制定和实施重视不够，办学目标方向不够清晰

学校发展规划是学校办学的蓝图和愿景，它对学校的办学起着引领和促进的作用，使学校办学有目标有方向，可以促进学校内涵发展和特色发展。但是由于各种主客观的原因，目前学校普遍不够重视发展规划的制定和实施。主要是人、财、物基本办学条件尚不完善，学校领导和教师流动性过大，专业教师隐性缺编严重，学校难以制定规划，即使制定了也很难有效实施。学校办学更多是做好常规管理，缺乏对学校长远发展和如何引领教师专业发展的思考。显然，长此以往，对进一步提升泽普教育发展水平和学校办学水平是不利的。

7.学校办学特色创建处于起步阶段，基本没有形成较为个性化的办学特色

办学特色创建工作还没有纳入学校规划，学校主要的精力放在保证基本的教育教学工作开展上，还没有时间和精力去思考这方面的问题。从泽普中小学幼儿园办学情况看，多数学校还停留在基础办学规范阶段，学校考虑更多的是如何有足够的师资保障教育教学秩序，把课开足开齐。一校一品和一校一特色，还停留在领导的宣传和提倡上，并未有具体的考核措施，也没有支撑保障措施。

8.家庭教育指导亟须加强

多数学校尚未形成家庭教育机制和制度，学校也尚未有效组织开展活动，对家长如何开展家庭教育指导方法途径单一，效果不佳。

五、针对问题的相关建议

（1）多措并举，缓解教师结构性缺编问题。一方面要通过正常的渠道向自治区有关部门反映目前教师结构性缺编的实际情况，通过政策补位来根本上解决这个问题。另一方面通过援疆支教、增加招聘力度、逐步减少驻村干部教师人数、加大国语培训力度让部分维吾尔语教师达标上岗等措施，缓解一线教师少的问题。学校和教师做了大量的维稳驻村等社会工作，一定程度上分散了教育工作精力。建议根据自治区2021年1月印发的《自治区中小学教师减负清单》的要求，梳理相关问题，减轻学校和教师的负担，特别是减少不必要的迎检工作和与教育教学无关的社会工作，让学校和教师集中精力抓好学校管理和开展教育教学工作。

（2）增加教育投入，确保公用经费全额到位。首先要严格按照国家相关规定确保教育经费“三个增长”和“两个只增不减”，还要想方设法补上欠账。在财政收入允许的情况下，逐步增加教育经费投入，用于对学校的维修和改造项目以及教学设施设备添置更新。公用经费按定额全额拨付给学校，缓解学校公用经费紧张的问题。

（3）完善绩效工作考核方案，体现优劳优酬导向。建议县教育局制定绩效工资总体方案和指导性意见，绩效工资发放应该充分体现多劳多得优劳优酬的原则。坚持岗变薪变原则，下决心解决分流转岗的教师绩效岗变薪变问题，让一线教师多劳多得，调动教师工作积极性，打破平均主义“大锅饭”思想制约。

（4）健全督导机构和教研机构，充实人员力量。建议进一步充实督学力量，健全督学制度，加强对学校的督导工作。制定学校督导评估指标，开展对学校综合督导、专项督导和责任督学挂牌督导工作，引导学校规范办学和内涵发展。不仅看内初班、内高班考取人数，还要全面考核学校的工作，落实素质教育全面发展思想，突出正确的教育导向。建议教育局设立独立的教研室，充实专业人员，花大力抓全县的教学研究工作和教师培训工作，开展全年段全学科教学管理研究工作，提高学科教研水平和教师专业水平，进一步提升教学质量。

（5）配齐配强学校主要领导，确保办学有序稳定。建议全面梳理全县校长书记和学校班子的配备情况，配齐领导班子，尤其是校长书记缺位的学校要尽快配备到位。校长书记应保持岗位的相对稳定，不宜频繁调动，否则不利于学校的稳定发展和办学特色的形成，也不利于学校发展思路的持续性。

（6）重视发展规划的制定和实施，促进学校自主办学持续发展。调研发现，泽普县学校制定和实施学校发展规划多年，义务教育学校标准化建设标准和县教育局对学校办学都有这方面的要求。但在实际操作过程中，学校普遍存在重制定轻实施，重目标设定轻过程管理的现象，规划实施自评机制普遍缺乏。由于南疆地区的社会稳定方面的要求，经济发展水平的制约，师资结构性缺编和办学经费紧张等因素的影响，学校发展规划实施过程中碰到了很多困难，目标达成度普遍不高，也影响了学校制定和实施发展规划的积极性。在此情况下，建议县教育局和学校要进一步重视学校发展规划的制定和实施，建立学校发展规划审核、中期和终结性督导评估机制，健全学校发展规划实施的自评机制，强化规划目标任务措施的适切性、科学性和可行性，加强过程管理，以规划引领学校内涵发展和自主发展，提高办学水平，完善现代学校管理制度。

（7）形成全社会合力，加强家庭教育指导。父母是孩子的第一任老师，家庭教育在学生教育中不可或缺，其作用不能为学校教育所替代。从调研情况看，民族家庭普遍不重视家庭教育，孩子读书学习对家庭和孩子终身发展的重要性还没有被民族家庭父母充分认识，教育学生的重任几乎都落在学校和教师身上。建议泽普县完善家庭教育机制，动员全社会重视家庭教育，从宣传工作、妇女工作、村居委、各职能部门等方面履行家庭教育指导职责，形成家庭教育指导的网络。

附件5　闵行教育援疆团队小课题汇总表

1.课题阶段第一批（2020年3月至2021年7月）

序号	课题名称	援疆教师	担任工作	工作单位
1	运用绘图本童话激发泽普少数民族小学生国语阅读兴趣	江南珺	申请人	泽普二小
2	提高小学中高年级语文课堂教学中朗读能力培养的实践研究	金彩霞	申请人	泽普二小
3	转化思想，在小学四五年级图形解题能力的应用研究	金慧超	申请人	泽普二小
4	小学实验型数学应用研究	匡肖祺	申请人	泽普二小
5	小学数学教学中渗透数形结合思想的案例研究	李卫兵	申请人	泽普二小
6	优化课堂活动提高小学生英语口语表达能力的实践研究	唐丽琼	申请人	泽普二小
7	以SCRATCH编程教学为依托，培养泽普二小中高年段学生计算思维的实践研究	王飞	申请人	泽普二小
8	基于课标低年级语文以目标为导向评价促教学的实践研究	武蓉	申请人	泽普二小
9	小学阶段拓展课普及软式棒垒球的实践研究	俞宗琦	申请人	泽普二小
10	多元评价在小学生课外阅读中的探索及研究	张学群	申请人	泽普二小
11	基于微课的小学信息技术课内翻转课堂提升课堂效率的研究	朱佳玮	申请人	泽普二小

续 表

序号	课题名称	援疆教师	担任工作	工作单位
12	少数民族青少年红色文化研学实践教育探究——以泽普三中学生理论宣讲团培育为例	马海涛	申请人	泽普三中
13	“G.波利亚怎样解题表”在提升初中学生解题能力中的探索与实践	秦兆艳	申请人	泽普三中
14	叶尔羌河石画校本项目开发与实践研究	王德文	申请人	泽普三中
15	中华传统武术在初中体育教学中的育人价值——传统太极拳拓展课探索	石春雷	申请人	泽普三中
16	提高初中英语阅读理解能力的实践研究	方春英	申请人	泽普三中
17	初中语文项目化教学提升学生阅读能力的探索与实践	欧阳玲	申请人	泽普三中
18	新课标背景下初中学校体育特色课程开发与实践研究——以喀什地区泽普县第四中学为例	董佳杰	申请人	泽普四中
19	“点滴式”习作训练在七八年级语文教学中的实践研究	梁红	申请人	泽普四中
20	初中数学课堂“问题导学法”的实践应用	邹洁琼	申请人	泽普四中
21	泽普四中七八年级英语教学中利用教室内环境创设情境教学研究	郭超	申请人	泽普四中
22	机器人+Scratch编程实践与研究	孙守思	申请人	泽普五中
23	几何画板在初中数学教学中的实践研究	李彦泠	申请人	泽普五中
24	南疆地区初中物理对初中生形成世界观价值观影响的调查研究	张志民	申请人	泽普五中

续 表

序号	课题名称	援疆教师	担任工作	工作单位
25	美术兴趣课开展中国写意画校本拓展课程的实践研究	周园	申请人	泽普五中
26	基于喀什地区地域素材的初中地理课堂教学研究	尹信茂	第一参与	泽普五中
27	初中历史课堂导入生活化的实践研究	徐秋实	第一参与	泽普五中
28	初中道德与法治课堂教学生活化的探究	钟建军	第一参与	泽普五中
29	初中英语学困生转化策略的实践研究	张丙生、汤锦飞	第一、二参与	泽普五中
30	瑜伽课程融入初中体育课程的实践研究——以泽普五中为例	陈迎峰、莫晓勇	第一、二参与	泽普五中
31	基于南疆地区生活经验的初中物理课程资源的开发和利用	费冬青	参与者	泽普五中
32	初中体育教学中渗透中华传统文化的实践与研究	胡永斌	申请人	泽普六中
33	七年级民族学生的数学作业设计与实践	闫军	申请人	泽普六中
34	国语班初中英语情境式教学初探	金海芹	申请人	泽普六中
35	初中地理地形图读图能力培养的实践与研究	孙爱丽	申请人	泽普六中
36	新编初中历史单元文本解读的实践研究	孔宪镔	申请人	泽普六中
37	几何画板(5.x版)技术在泽普初中数学教学中的应用与研究	柴玉忠	申请人	泽普六中

续　表

序号	课题名称	援疆教师	担任工作	工作单位
38	指导初中民族学生写作的实践研究	黄立春	申请人	泽普六中
39	游戏化教学对初中生情景兴趣的影响研究	许广杰	申请人	泽普六中
40	基于项目活动的初中信息技术教学实践研究	徐涛	申请人	泽普六中
41	“实验型数学学习”模式应用实践研究	蒋云鹏	申请人	泽普二中
42	初高中英语教学衔接之泽普实践	陈琼	申请人	泽普二中
43	高中英语分层教学之分层作业实践与研究	刘建平	申请人	泽普二中
44	对学编历史课本剧的探索和实践	方学明	申请人	泽普二中
45	核心素养视阈下的英语词汇教学校本实践研究——以泽普二中为例	曾庆蕾	申请人	泽普二中

2. 课题阶段第二批（2021年7月至2023年1月）

序号	课题名称	援疆教师	担任工作	工作单位
1	双新背景下，高中美术鉴赏探究学习资源开发和实践的研究	毛勇	申请人	泽普二中
2	以专题探究引领初中生整本书阅读实践研究	汤江峰	申请人	泽普五中
3	2022版新课标下，初中语文提升学生运用国家通用语言文字能力的实践研究	汤江峰	申请人	泽普五中

续 表

序号	课题名称	援疆教师	担任工作	工作单位
4	基于性别差异的高中英语课堂教学策略研究	张天萍	第二申请人	泽普二中
5	词块理论视阈下的高中英语写作复习校本实践	张天萍	第三申请人	泽普二中
6	核心素养下高中英语学困生教学策略的转变及探讨	郭超	组员	泽普二中
7	兴趣对中学生英语学习成绩的影响以及如何设置课堂兴趣点的探讨	郭超	第二申请人	泽普二中
8	基于新课标,构建初中英语单元主题作业的设计研究	王志琴	第二申请人	泽普五中

附件6　党建引领构建“立德树人”育人路径的实践研究

党建引领构建“立德树人”育人路径的实践研究

——以南疆喀什泽普五中为例

王志琴[①]

一、研究目的与主攻方向

（一）实施背景

“十四五”时期是教育高质量发展的关键期，要落实好新时代教育工作的根本任务就要坚持和加强党对教育工作的全面领导，坚持用习近平新时代中国特色社会主义思想铸魂育人。党建全面引领德育，就是根据教育改革要求和学生发展需求探寻适切的德育工作模式，创新构建德育实践体系促进学生德智体美劳全面发展。以高质量党建引领高质量教育，做好党务工作的“五度”，即：高度、深度、温度、硬度和效度。新时代学校要坚持发挥党建引领优势，把提升立德树人能力和引领教育质量提升作为改革探索的重要抓手，围绕社会主义核心价值观，培养行为规范、人格健全、具有理想信念与家国情怀的新时代公民，聚焦立德树人的根本任务，探索党

---

① 王志琴，上海市诸翟学校，2021年9月至2023年1月在新疆喀什地区泽普县第五中学开展教育援疆，担任泽普五中学工部副主任。

建引领下的高质量育人途径。在解决“培养什么人、怎么培养人、为谁培养人”根本问题的实践探索中，构建党建引领德育实践体系，引领学校思想政治工作和德育工作，坚持五育并举，培育和践行社会主义核心价值观，不断培养能担当民族复兴大任的时代新人，实现为党育人，为国育才。

（二）理论意义

学校是开展党建工作的良好平台，党建工作和德育工作在目标上具有一致性，党建工作为德育工作的开展奠定基础并且发挥着引领作用。学校党建工作对德育的影响具体表现在：在德育内容上，党建工作具有提升作用；在德育行为上，党建工作具有榜样作用；在道德品质形成中，党建工作具有推动作用；从整体上来说，党建工作对德育具有引领作用。学校党建工作的内容较为丰富，它本身包含了政治、思想、道德教育等德育内容，除此之外，还包括党史学习教育、党的基本路线的教育、党的宗旨、党的性质等的教育。与德育内容相比，学校党建工作从广度上来说更加丰富，从深度上来说更加深入、系统，从而促进了德育工作。另外，学校开展党建工作的形式多样，例如开党课、开展相关讲座、带领学生参观访问、和学生面对面交流沟通等。通过这些丰富多彩的活动，学生深入了解党的宗旨、性质等内容，树立了崇高的理想信念、健康的人生观与价值观、高尚的道德情操。

（三）实践价值

立德树人是教育的根本任务，也是教育现代化的目标。以党建为引领建构高质量育人途径、健全立德树人系统化落实机制，是新时代对教育系统党组织提出的新要求。但当前党建引领立德树人机制建设存在着一些问题。一是党组织领导责任落实不到位，工作中“就党建说党建”，造成党组织的政治功能弱化；部分党组织不能准确把握党组织领导立德树人工作的内涵和要求，造成加强党对教育的全面领导、加强党对德育工作领导的相关机制不健全。二是党组织引领立德树人机制建设不健全，存在引领党建质量提升机制不健全、教师政治素养培养机制不健全等问题。在厘清党建引领立德树人落实机制的内涵与关系的基础上，我们致力于寻找党建引领立德树人机制建设的路径与方法，经过多年的探索实践，形成了一套有效的党建引领立德树人落实机制。

二、研究思路

（1）结合泽普五中实情构建实施全员育人导师制，通过研究构建“党建+全员育人导师制”的工作机制和育人途径、方法，积极发挥党员先锋模范实践作用，进一步发挥教师教书育人的功能，全面落实教师教书育人一岗双责制，有效促进每一位学生的全面健康成长，促进全员育人导师制实施。坚持以人为本，探索一条“教师人人做导师，学生个个受关爱”的教育管理之路，努力培养人格自尊、行为自律、学习自主、生活自理、心理自强的新时代的中学生。同时，发挥我校优势，提升教师的教育教学理念，提高教师“教书育人”的艺术水平，促进教师的全面健康发展。

（2）积极发挥党的政治引领作用，利用上海援疆教师的优势和资源，搭建“双平台”和“双导师制”，切实提升“双减”背景下家长的科学育人能力，通过家校社“三位一体”建设良好育人生态。通过参与班级建设，打造具有教育时效性的教育场域，加强对学生思想道德、爱国主义精神以及社会主义核心价值观教育引领的同时，加强对家长教育理念与育人方式方法的指导，通过家校协同沟通，指导家长开展家庭会议等方式，提升家长的教育水平，帮助家长搭建和谐的家庭秩序和亲子关系，有力构建家校联动工作机制。

三、研究内容

（一）学校党建工作在德育行为中的榜样功能

中国共产党自建党以来涌现出无数优秀的榜样人物，无论是革命时期的英勇先烈们还是建设时期的勤劳建设者，他们都以伟岸的人格影响一代又一代中华儿女。榜样人物的事迹具有鲜活性、真实性，因此比较容易激发学生的崇敬心理，从而对学生的情感态度及行为处世产生影响，这便是学校党建工作在学生德育行为中产生的表率与榜样功能。具体来说，学校党建工作可以从三方面入手。

（1）首先对学生进行党史学习教育，赞颂革命先烈的英勇与献身精神，培养学生的爱国主义精神与集体精神。在这个过程中，教育工作者可以向同学们展示相关影片，使学生们了解残酷的战争年代革命先烈的英勇事迹，如黄继光舍身堵枪眼、董存瑞舍身炸碉堡。通过生动的、真实的画面展示，使学生们内心产生强烈反应，从而产生了热爱祖国和热爱集体的高尚情操。

（2）展示当代优秀党员的事迹，培养学生的时代精神。社会主义现代化建设新时期，我党存在着无数爱岗敬业、勤俭自强的建设者。教育工作者通过宣传介绍和专题探讨，有助于学生理解新时代精神，提升学生的道德水平和价值观。

（3）将榜样细化到日常生活中，赞美学校、社区中的优秀工作者，如优秀教师、优秀学生等。日常生活中的榜样由于距学生较近、直接鲜明等特点容易引发学生的共鸣。因此学生容易引发向榜样学习的心理，从而达到德育的效果。

（二）学校党建工作在学生品质形成上的推动功能

学校党建工作的开展有助于学生形成成熟的政治素质，有助于提升学生健康的道德品质，形成正确的人生观与价值观。

1.促进学生政治上的成熟

学校开展党建工作是一个系统的过程，学生在这个过程中开始了解党史、党的性质等基本知识，并在榜样作用的影响下，产生对党热爱之情，并在党的号召下积极加入中国共产党，成为一名优秀的中共党员。这会进一步增强学生的责任感与主人翁意识，从而更热情地为人民服务，为社会主义服务。

2. 促进学生进行自我教育

自我教育是德育工作的一个重要环节，学生通过自我教育能够从内心深处唤醒积极健康的情操，培养正确的人生观与价值观。学校党建工作的有效开展有利于学生进行自我教育。学校通过开展形式多样、内容丰富的党建活动，学生积极参与其中，从而使全校形成积极向上的校风。学生在这种氛围的影响下，有助于形成健康的心理，并通过自我暗示、自我教育、自我激励形成高尚的道德品质。

（三）发挥党建工作在德育中的引领功能

学校党建工作是一个系统综合的过程，它对整个德育工作具有引领作用。这种引领作用主要表现在以下三个方面。

1. 党支部的引领作用

在发挥学校党建工作的德育功能过程中，要充分发挥党支部的领导核心作用。党支部可以采用多种形式开展学校党建工作，例如建设党校、开党课、组织知识问答竞赛，通过一系列的活动，学生会获得系统丰富的德育知识，使党支部成为德育工作的引领者。

2. 党建和团建相结合

学校党建工作的任务之一是培养高素质的中共党员，共青团员是中共党员的重要来源，为此要将党建和团建结合起来。班级、教育工作者推荐优秀团员加入中国共产党，一方面为我们的党组织注入青春活力与创造精神；另一方面，鼓励、推荐共青团员入党会产生竞争氛围，学生在这种“争优”的良好氛围中，产生强烈的自我教育意识，培养自己的良好道德品质，以实际行动向党组织表达自己的热忱，这无疑会促进德育的发展。

3. 党建为其他学科的德育工作提出目标

学校党建工作对德育起着引领作用，这种引领作用表现之一在于指导其他学科进行德育渗透。德育是一个综合的过程，它渗透在各学科教学的始终，任何学科的教学都离不开对学生思想品德与价值观进行教育。在学校党建工作的指导下，各学科相互配合，形成全面、综合的德育机制，使学生时刻受到德育的熏陶，在潜移默化中形成良好的品德。

四、项目创新之处

聚焦当前教育改革的热点和难点，探索构建“党建+德育”的适合泽普五中学校特点和优势的育人途径和工作机制，充分发挥党建引领作用，全面落实“立德树人”的根本任务。通过本课题实践能充分发挥学校党建工作在德育行为中的表率榜样功能、在学生品质形成上的推动功能和在德育中的引领功能。

五、构建泽普五中“党建+立德树人”家庭教育指导系统

（1）探索和形成泽普五中党建引领下的“立德树人”家庭教育指导的协同系统，提高学校家庭教育指导的实效，在学校内部构建泽普中小学家庭教育发展全方位指导系统。

（2）设计构建泽普五中党建引领下的家庭教育指导“立德树人”模式的家庭生态系统，丰富学校家庭教育指导的内涵，完善和拓展新时代家庭教育指导内容体系。

（3）通过实践实施，融合多元教育，探索现代家校合作育人的途径、方法和策略，创设教师与家长的新型关系，科学构建学校家庭教育指导的组织机制、评价机制、育人机制和有效运作机制，建设可持续发展的新型家校关系。创建良好家校生态育人共同体，同时开拓学校与家庭教育指导的组织形式，拓宽家庭教育指导的渠道，促进学生全面健康发展，完善现代学校管理制度。